SOMMAIRE

Avant d'aborder l'œuvre

6 Fiche d'identité de l'auteur
7 Pour ou contre Molière ?
8 Repères chronologiques
10 Fiche d'identité des œuvres
11 Pour ou contre les farces et les comédies-ballets ?
12 Pour mieux lire l'œuvre

Les œuvres

Molière

19 Le Médecin volant
45 L'Amour médecin
87 Le Sicilien ou l'Amour peintre

123 Avez-vous bien lu ?

Pour approfondir

136 Thèmes et prolongements
146 Textes et images
165 Langue et langages
171 Outils de lecture
173 Bibliographie et filmographie

Petits Classiques
LAROUSSE

Collection fondée par Félix Guirand,
Agrégé des Lettres

Le Médecin volant

L'Amour médecin

Le Sicilien ou l'Amour peintre

Molière

Comédies

Édition présentée,
annotée et commentée
par David BRAUN,
ancien élève de l'École normale supérieure,
agrégé de lettres modernes

ISBN : 978-2-03-584638-9

AVANT D'ABORDER L'ŒUVRE

Fiche d'identité de l'auteur

Molière

Nom : Jean-Baptiste Poquelin, dit Molière.

Naissance : en 1622, à Paris.

Famille : son grand-père et son père sont maîtres tapissiers du roi. La mère meurt en 1632.
À 40 ans, Molière se marie avec Armande Béjart. Ils ont deux fils, morts très jeunes, et une fille.

Jeunesse : Jean-Baptiste étudie à Paris dans un collège jésuite. Il exerce quelques mois le métier d'avocat puis hérite de la charge de tapissier du roi.

Débuts : en 1643, il fonde avec la comédienne Madeleine Béjart l'Illustre-Théâtre. Acteur, auteur et bientôt chef de troupe, il devient Molière. Mais ses tragédies sont des échecs. En 1645, c'est la faillite.
Il fonde avec Madeleine une nouvelle troupe qui tourne en province pendant treize ans. Leurs farces remportent de grands succès. En 1658, la troupe regagne Paris.

Gloire : avec le triomphe des *Précieuses Ridicules* (1659), Molière devient un auteur adulé, jalousé, redouté. En 1661, il crée avec le musicien Lully la comédie-ballet. Le roi est enthousiaste. Mais *L'École des femmes* (1664) est accusée d'être blasphématoire.
En 1664, les dévots font interdire *Tartuffe*, qui dénonce l'hypocrisie religieuse. Molière obtient la protection du roi.
Mais la vie privée de Molière est agitée. À 43 ans, il est atteint d'une fluxion au poumon.
Dom Juan (1665) provoque un nouveau scandale.
Le Misanthrope (1666) reçoit un accueil mitigé. Entre 1668 et 1670, *L'Avare*, *Tartuffe* et *Le Bourgeois gentilhomme* sont des triomphes.

Disgrâce : en 1672, Madeleine Béjart meurt. *Les Femmes savantes* sont un échec.
Lully supplante Molière dans la faveur royale.

Mort : au cours d'une représentation du *Malade imaginaire*, sa dernière comédie-ballet (1673), Molière est pris de malaise. Il meurt à son domicile. Il est enterré de nuit, sans inhumation chrétienne.

Pour ou contre Molière ?

Pour

Désiré NISARD :

« Aucun poète dans notre pays n'a eu plus d'imagination, de sensibilité et de raison, ni une harmonie plus parfaite. »

Histoire de la littérature française, 1844-1861.

Paul CLAUDEL :

« Tout vit, tout est muscle, tout est feu, élégance, vivacité, gaieté saine, vertu ! On aimerait écrire comme ça. »

Théâtre II, Mercure de France, 1943.

Jacques COPEAU :

« C'est pour être si peu surchargé que son comique nous paraît si fort. C'est à son aération qu'il doit d'être à ce point délié, clair, tonique. »

Souvenirs du Vieux-Colombier, Nouvelles Éditions latines, 1931.

Contre

ROUSSEAU

« Son plus grand soin est de tourner la bonté et la simplicité en ridicule, et de mettre la ruse et le mensonge du parti pour lequel on prend intérêt ; ses honnêtes gens ne sont que des gens qui parlent, ses vicieux sont des gens qui agissent et que les plus brillants succès favorisent le plus souvent. »

Lettre à d'Alembert, 1758.

FÉNELON

« Il a outré souvent les caractères : il a voulu, par cette liberté, plaire au parterre, frapper les spectateurs les moins délicats, et rendre le ridicule plus sensible. »

Lettre sur les occupations de l'Académie française, chap. VIII.

Repères chronologiques

Vie et œuvre de Molière

1622
Naissance à Paris de Jean-Baptiste Poquelin.

1632
Mort de sa mère.

1632-1639
Scolarité au collège jésuite de Clermont, à Paris.

1640-1642
Études de droit à Orléans.

1642
Poquelin rencontre les Béjart.

1643
Fonde avec les Béjart l'Illustre-Théâtre. Prend le nom de Molière et s'impose comme chef de troupe.

1645
Ruine et prison pour dettes. Création d'une nouvelle troupe qui part en province. ***Le Médecin volant.***

1653
Protection du prince de Conti.

1655
L'Étourdi.

1656
Le Dépit amoureux.

1658
Retour à Paris. Troupe sous la protection de Monsieur, frère du roi. Représentation du *Docteur Amoureux* devant Louis XIV. Installation de la troupe salle du Petit-Bourbon.

1659
Triomphe des *Précieuses ridicules.*
Sganarelle ou le Cocu imaginaire.

Événements politiques et culturels

1624
Louis XIII entame la construction de Versailles. Richelieu nommé Premier ministre.

1631
La Gazette : naissance du journalisme.

1632
Rembrandt, *La Leçon d'anatomie*.

1635
Richelieu fonde l'Académie française.

1637
Corneille, *Le Cid*.
Descartes, *Discours de la méthode*.

1642-1643
Mort de Richelieu puis de Louis XIII.
Régence d'Anne d'Autriche. Mazarin, nommé Premier ministre.

1648
Fin de la guerre de Trente Ans. Début de la Fronde.

1653
Fouquet nommé surintendant des Finances.

1654-1660
Madeleine de Scudéry, *Clélie*.

1654
Sacre de Louis XIV.

1656
Pascal, *Les Provinciales*.

1660
Mariage de Louis XIV et de Marie-Thérèse d'Autriche.

1661
Mort de Mazarin.
Début du règne de Louis XIV.

Repères chronologiques

Vie et œuvre de Molière

1661
Les Fâcheux. Installation au théâtre du Palais-Royal.

1662
Grand succès de *L'École des femmes*. Mariage avec Armande Béjart.

1664
Les Plaisirs de l'île enchantée (fêtes de Versailles). Naissance et mort de son premier fils. L'archevêque de Paris interdit *Le Tartuffe*. Protection du Roi-Soleil.

1665
Dom Juan interdit. **Triomphe de *L'Amour médecin*.** Grave fluxion de poitrine. Baptême de sa fille.

1666
Le Misanthrope, Le Médecin malgré lui.

1667
Le Sicilien ou l'Amour peintre.
2e version du *Tartuffe* interdite.

1668
Amphitryon, Georges Dandin, L'Avare.

1669
Le roi autorise la 3e version du *Tartuffe*. Triomphe.

1670
Les Amants magnifiques, Le Bourgeois gentilhomme.

1672
Mort de Madeleine Béjart.
Les Femmes savantes. Naissance et mort de son second fils. Brouille avec Lully.

1673
Le Malade imaginaire.
Mort de Molière, le 17 février.

Événements politiques et culturels

Extension du château de Versailles par Le Vau et conception des jardins par Le Nôtre.
Arrestation de Fouquet.

1662
Le royaume connaît des émeutes et des famines.
Colbert nommé intendant des Finances.
Lully nommé maître de la musique royale.

1663
Invasion de l'Autriche par l'Empire ottoman.

1665
La Rochefoucauld, *Maximes*.

1666
Boileau, *Satires (I à VI)*. Fondation de l'Académie des sciences.

1667
Racine, *Andromaque*. Conquête de la Flandre.

1668
La Fontaine, *Fables*. Signature du traité de paix d'Aix-la-Chapelle. La France annexe la Flandre.

1670
Racine, *Bérénice*. Pascal, *Pensées*.

1672
La Cour s'installe à Versailles. Lully dirige l'Académie royale de musique. Madame de Sévigné, *Correspondance*.

1673
Conquête de la Hollande. *Cadmus et Hermione*, premier grand opéra de Lully.

Fiches d'identités des œuvres

	Le Médecin volant	***L'Amour médecin***	***Le Sicilien ou l'Amour peintre***
Auteur	Molière à 23 ans	Molière à 43 ans	Molière à 45 ans
Genre	Farce	Comédie-ballet	Comédie-ballet
Forme	Dialogue en prose	Dialogue en prose et intermèdes en vers	Dialogue en prose et intermèdes en vers
Structure	Pièce courte en 1 acte de 16 scènes	Pièce courte en 3 actes avec intermèdes	Pièce courte en 1 acte de 20 scènes
Principaux personnages - les amoureux	Lucile et Valère	Lucinde et Clitandre	Isidore et Adraste
- les adjuvants	Sganarelle, valet de Valère	Lisette, suivante de Lucinde	Hali, valet d'Adraste
- les opposants	Gorgibus, père de Lucile	Sganarelle, père de Lucinde	Dom Pèdre, mari d'Isidore
Sujet	Pour échapper au mariage que lui impose son père, Lucile fait croire qu'elle est malade. Sganarelle, le valet de son prétendant, se fait passer pour un médecin auprès du père crédule. Mais, pris au piège de son imposture, Sganarelle se trouve contraint de s'inventer un frère jumeau…	Sganarelle est obstinément sourd aux sentiments de sa fille Lucinde et refuse de la marier. La suivante Lisette, qui sait bien que sa maîtresse aime Clitandre, fait croire à Sganarelle que sa fille est malade et confie à Clitandre le rôle d'un médecin doté d'un remède miracle…	Le gentilhomme Adraste est épris d'Isidore, une esclave grecque affranchie que son mari Dom Pèdre garde jalousement recluse. Aidé de son valet Hali, Adraste se fait alors passer pour un peintre afin d'approcher la jeune femme, sous le nez de Dom Pèdre…

Pour ou contre

Les farces et les comédies-ballets ?

Pour

Jean DONNEAU DE VISÉ :

« Il a le premier inventé la manière de mêler des scènes de musique et des ballets dans ses comédies et trouvé par là un nouveau secret de plaire qui avait été jusqu'alors inconnu. »

Le Mercure galant, 1673.

VOLTAIRE :

« *Le Sicilien* est la seule petite pièce en un acte où il y ait de la grâce et de la galanterie. »

Vie de Molière, 1739.

Contre

VOLTAIRE :

« Les autres petites pièces, que Molière ne donnait que comme des farces, ont d'ordinaire un fond plus bouffon et moins agréable. »

Vie de Molière, 1739.

SITE toutmoliere.net :

« *Le Médecin volant*, farce de peu d'importance, se borne à reprendre les critiques traditionnelles adressées aux hommes de l'art (médical). »

BOILEAU :

« Mais pour un faux plaisant à grossière équivoque,
Qui pour me divertir n'a que la saleté,
Qu'il s'en aille, s'il veut sur deux tréteaux monté,
Amusant le Pont-Neuf de ses sornettes fades,
Aux laquais assemblés jouer ses mascarades. »

Art poétique, 1674.

Pour mieux lire les œuvres

✣ Au temps de Molière

Des canevas à la mode

Ces trois courtes pièces reposent sur un ressort commun : des amoureux contrariés trompent la vigilance d'un père ou d'un mari et, pour se retrouver, ils sont aidés par la ruse d'un valet ou d'une suivante. Le canevas provient essentiellement de la comédie italienne, dite commedia dell'arte, très en vogue en France depuis la Renaissance. Ainsi, la ruse de la maladie feinte, que l'on retrouve dans *Le Médecin volant* et *L'Amour médecin*, était un sujet à la mode. Non que Molière manquât d'inspiration, mais il était d'usage à son époque de puiser des intrigues dans le fonds commun du théâtre.

Pour *Le Médecin volant*, Molière s'inspira probablement d'un canevas italien joué par Scaramouche, nom de scène du grand Tiberio Fiorelli, qui partageait avec lui le théâtre du Petit-Bourbon et qui fut son maître en jeu. Encouragés par le succès de la pièce de Molière, d'autres auteurs, tels que Boursault ou Domenico Biancolelli, écrivirent par la suite des petites comédies sur le même sujet. Cette coutume de réemployer des situations déjà exploitées explique, en partie seulement, l'extrême rapidité avec laquelle Molière écrivit *L'Amour médecin*. Il se prévaut en effet dans la préface de l'avoir composé et répété en seulement cinq jours ! *Le Sicilien*, quant à lui, se nourrit de précédentes pièces de Molière : une Sicile de convention constituait déjà le décor de *L'Étourdi*, et l'évasion d'Isidore fait songer à *L'École des maris*, à *L'Amour médecin* et au *Médecin malgré lui*. Cependant, loin de se contenter d'être un imitateur ou un plagiaire, Molière donne une couleur singulière à ces canevas et les développe de manière originale. On lui doit notamment d'avoir remis au goût du jour la farce et d'avoir inventé le genre de la comédie-ballet.

La réhabilitation de la farce

C'est en 1655, vers la fin de ses treize années de tournée en province, que Molière créa *Le Médecin volant*, une « petite comédie » dans la plus pure tradition de la farce. La farce, qui met généralement en scène une tromperie, se caractérise par des personnages souvent populaires, réduits à leurs caricatures. Elle se fonde sur un comique de gestes et de situation, un rythme enlevé et un ton léger, parfois obscène, comme l'illustre la scène avec l'urine. Dévolue à la drôlerie et au plaisir du jeu, elle se soucie bien peu de vraisemblance, comme en témoigne la facilité avec laquelle Gorgibus se plie finalement au désir de sa fille.

Nées au Moyen Âge, où elles accompagnaient la représentation des mystères, les farces étaient encore très populaires au début du XVIIe siècle. Elles se donnaient sur des tréteaux, dans les foires, dans des salles de jeu de paume aménagées en théâtre – où elles étaient parfois jouées après une tragédie. Elles avaient les faveurs d'un public nombreux, varié et pas seulement populaire. À Paris, Jean-Baptiste Poquelin enfant eut souvent l'occasion de voir Gaultier-Garguille, Gros-Guillaume et Turlupin, trois farceurs qui triomphaient à l'hôtel de Bourgogne. C'est son grand-père maternel qui l'y conduisait et qui sema ainsi en lui la passion pour le théâtre. Mais en 1630, alors que le fameux trio avait disparu, Paris vit naître une nouvelle forme de comédie plus raffinée, la comédie littéraire. La farce, considérée comme trop vulgaire, connut un déclin dans la capitale alors qu'elle continua probablement à se développer en province. Méprisées des lettrés, souvent réduites à un canevas tant la part d'improvisation des acteurs y était importante, les farces étaient rarement publiées. Aussi, des nombreuses farces que Molière créa en province ne subsistent que les titres *(Gros-René écolier, Le Docteur pédant, Gorgibus dans le sac, Les Trois Docteurs, Le Fin Lourdaud…)* et seulement deux textes : *La Jalousie du barbouillé* et *Le Médecin volant*. Pour cette dernière, Molière, que ses détracteurs taxaient de « farceur » – le mot était alors péjoratif –, employa prudemment le terme de « petite comédie ». Son succès fut immense.

Il faut rappeler qu'à l'époque le genre noble était la tragédie. Molière lui-même rêvait à ses débuts d'embrasser la carrière de tragédien. Il connut cependant bien des échecs en la matière, et c'est au cours de sa longue tournée en province que les triomphes de ses farces lui firent prendre conscience de son génie comique. D'ailleurs, quand il fut reçu par Louis XIV le 24 octobre 1658 et qu'il joua devant le roi, c'est moins par la tragédie de Corneille, *Nicomède*, qu'il emporta son adhésion que par la farce qu'il présenta à la suite, *Le Docteur amoureux*.

C'est ainsi que Molière réhabilita ce genre mal aimé des beaux esprits. Il n'hésita d'ailleurs pas à intégrer des éléments farcesques dans un genre plus « noble », la comédie-ballet, dont il fut l'inventeur.

L'invention de la comédie-ballet

C'est à l'occasion de la somptueuse fête organisée par le surintendant Fouquet en son château de Vaux-le-Vicomte que Molière créa en 1661 sa première comédie-ballet, *Les Fâcheux*. Il existait certes à l'époque des « divertissements de cour » qui reposaient sur la musique et sur la danse, mais Molière fut le premier à intégrer les thèmes développés dans les chants et les ballets aux textes de ses comédies. C'est ainsi qu'il plaça des intermèdes dansés dans les entractes et qu'il s'employa à les « coudre au sujet » afin de « ne faire qu'une seule chose du ballet et de la comédie ».

Le roi fut si impressionné par le château et par la magnificence de la fête qu'il fit emprisonner Fouquet et qu'il prit Vaux-le-Vicomte pour modèle de l'extension du château de Versailles. En 1665, il assura de sa protection la troupe de Molière. Et ce dernier s'empressa de composer une autre comédie-ballet, *L'Amour médecin,* qu'il présenta le 15 septembre à Versailles dans le cadre de réjouissances pour l'ouverture de la chasse. Le compositeur Lully, auteur de la musique, y jouait avec brio le rôle d'un des médecins. Molière et lui s'attiraient ainsi les faveurs de Louis XIV, qui éprouvait une véritable passion pour la danse.

La passion du roi était telle qu'il n'hésitait pas à participer lui-même à certains ballets. Ainsi, le 14 février 1667, à la création du *Sicilien* à

Saint-Germain-en-Laye, qui devait clore *Le Ballet des Muses,* Louis XIV dansait lui-même dans la mascarade finale, déguisé en « Maure de qualité ». Il ne s'agissait pas seulement d'un plaisir personnel, mais d'un geste politique. Louis XIV était en effet parfaitement conscient du prestige qu'il pouvait tirer de cette participation : *« Un roi de France doit voir dans ces divertissements autre chose que de simples plaisirs. Les peuples se plaisent au spectacle où, au fond, on a toujours pour but de plaire [...] Par là nous tenons leurs esprits et leurs cœurs quelquefois plus fortement peut-être que la récompense et les bienfaits et [...] à l'égard des étrangers, ce qui se consume en ces dépenses, qui peuvent passer pour superflues, fait sur eux une impression très avantageuse de magnificence, de puissance, de richesse et de grandeur. »*

Les comédies-ballets étaient donc jouées à la cour, où elles jouissaient d'un grand succès, avant d'être reprises à Paris, généralement sans musique ni danse. Elles reflétaient les modes de la cour, comme l'exotisme dont est empreint *Le Sicilien*. Conçues comme des spectacles complets et comme des célébrations du plaisir sous toutes ses formes, elles incluaient des ingrédients de la farce, tels que comique de gestes, dialogues de sourds et quiproquos. Molière resta ainsi fidèle au sens culinaire de la farce, laquelle garnit l'intérieur d'un plat pour en relever le goût.

Une lecture forcément incomplète

Les comédies-ballets, créées pour les plaisirs des sens, requièrent de leur lecteur un effort particulier d'imagination. En effet, leur lecture ne donne pas accès à l'accompagnement musical et aux danses, qui font pourtant pleinement partie de l'œuvre. Dans son avertissement au lecteur de *L'Amour médecin*, Molière le souligne : « Ce que je vous dirai, c'est qu'il serait à souhaiter que ces sortes d'ouvrages pussent toujours se montrer à vous avec les ornements qui les accompagnent chez le roi. Vous les verriez dans un état beaucoup plus supportable, et les airs et les symphonies de l'incomparable M. Lully, mêlés à la beauté des voix et à l'adresse des danseurs, leur donnent, sans doute, des grâces dont ils ont toutes les peines du monde à se passer. »

Et à vrai dire, le texte des farces est, à sa manière, également incomplet. Dans *Le Médecin volant*, les passages qui mentionnent « galimatias » ou « etc. » invitent le comédien à l'improvisation. Selon l'inspiration de ce dernier et l'humeur du public, chaque représentation avait donc sa propre durée.

L'essentiel

Les canevas de ces trois pièces s'inspirent nettement des intrigues de la commedia dell'arte. Mais Molière y imprime sa marque personnelle. Avec *Le Médecin volant*, il réhabilite la farce à une époque où elle décline. Et il farcit de gags ses comédies-ballets, le nouveau genre théâtral qu'il invente pour le plus grand plaisir du roi.

Les œuvres aujourd'hui

Il faut bien reconnaître que ces œuvres courtes de Molière connurent une postérité moindre que ses grandes comédies. Ainsi, *Le Médecin volant* n'est parfois considéré que comme une ébauche du *Médecin malgré lui*. Il convient cependant de rappeler que les habitudes théâtrales ont changé depuis le XVIIe siècle : il n'est plus d'usage de divertir le public après une tragédie par une farce, et les tréteaux sont depuis longtemps passés de mode. Quant à la comédie-ballet, créée « pour donner du plaisir au plus grand roi du monde », elle est si intimement liée à l'environnement culturel qui l'a vue naître qu'elle perd immanquablement de ses charmes, sortie de son contexte. D'ailleurs, l'habitude a été prise d'en négliger les parties musicales et dansées et d'en jouer seulement le texte. Et l'histoire littéraire n'a longtemps retenu *L'Amour médecin* et *Le Sicilien* que comme de simples précurseurs de l'opéra-comique.

Par ailleurs, certaines références de ces pièces visaient directement des contemporains de Molière. Ainsi, les quatre docteurs de *L'Amour médecin* représentaient des praticiens très célèbres à l'époque. Afin que le public pût les reconnaître aisément, les comédiens qui les interprétaient portaient des masques leur ressemblant, si bien que le succès et le scandale furent considérables. Ces références échappent nécessairement au spectateur d'aujourd'hui. Pourtant, au-delà de la critique *ad hominem*, la satire contre les médecins demeure toujours aussi réjouissante. Certes, les progrès effectués par leur science ont été immenses depuis l'époque de Molière ; il n'en demeure pas moins que, de nos jours, des thérapeutes en tous genres exploitent plus que jamais notre soif de bien-être. Dans ce domaine comme dans d'autres, des experts autoproclamés continuent d'exercer leur pouvoir grâce à leur prétendu savoir. Sous le masque des médecins, le spectateur actuel n'a donc aucun mal à reconnaître des imposteurs contemporains. En outre, il prend toujours autant de plaisir à voir la ruse se déployer pour tromper des figures de l'autorité.

Par ailleurs, la place que Molière accorde aux femmes dans son œuvre n'en finit pas de nous surprendre par sa modernité. Ainsi, dans *Le Sicilien*, les paroles d'Isidore bousculent encore nos préjugés. Et l'apparition de la femme voilée résonne plus que jamais avec notre actualité.

L'essentiel

Ces pièces courtes sont considérées comme mineures dans l'œuvre de Molière. Certes, la farce ainsi que la comédie-ballet ont perdu de leur éclat. Quant à la charge contre ses contemporains, elle ne nous concerne guère.

Pour autant, la satire n'a rien perdu de son mordant, la tromperie continue de faire recette et le discours sur l'émancipation des femmes est résolument moderne.

Frontispice d'un recueil des œuvres de Molière, édition de 1673.
Molière sous ses costumes de Mascarille et de Sganarelle,
gravure de François Chauveau.

Le Médecin volant

Molière

Comédie (1645)

PERSONNAGES

VALÈRE	*amant de Lucile.*
SABINE	*cousine de Lucile.*
SGANARELLE	*valet de Valère.*
GORGIBUS	*père de Lucile.*
GROS-RENÉ	*valet de Gorgibus.*
LUCILE	*fille de Gorgibus.*
UN AVOCAT.	

Scène 1 VALÈRE, SABINE

VALÈRE. Hé bien ! Sabine, quel conseil me donneras-tu ?

SABINE. Vraiment, il y a bien des nouvelles. Mon oncle veut résolument que ma cousine épouse Villebrequin, et les affaires sont tellement avancées que je crois qu'ils eussent été mariés dès aujourd'hui, si vous n'étiez aimé ; mais comme ma cousine m'a confié le secret de l'amour qu'elle vous porte, et que nous nous sommes vues à l'extrémité[1] par l'avarice de mon vilain oncle, nous nous sommes avisées[2] d'une bonne invention pour différer le mariage. C'est que ma cousine, dès l'heure que je vous parle, contrefait[3] la malade ; et le bon vieillard, qui est assez crédule, m'envoie quérir[4] un médecin. Si vous en pouviez envoyer quelqu'un qui fût de vos bons amis, et qui fût de notre intelligence[5], il conseillerait à la malade de prendre l'air à la campagne. Le bonhomme ne manquera pas de faire loger ma cousine à ce pavillon qui est au bout de notre jardin, et par ce moyen vous pourriez l'entretenir à l'insu de notre vieillard, l'épouser, et le laisser pester tout son soûl[6] avec Villebrequin.

VALÈRE. Mais le moyen de trouver sitôt un médecin à ma poste[7], et qui voulût tant hasarder pour mon service ? Je te le dis franchement, je n'en connais pas un.

SABINE. Je songe une chose : si vous faisiez habiller votre valet en médecin ? Il n'y a rien de si facile à duper que le bonhomme.

VALÈRE. C'est un lourdaud qui gâtera tout, mais il faut s'en servir faute d'autre. Adieu, je le vais chercher. Où diable trouver ce maroufle[8] à présent ? Mais le voici tout à propos.

---

1. **À l'extrémité :** dans un état désespéré.
2. **Nous nous sommes avisées :** nous avons réfléchi à, nous avons imaginé.
3. **Contrefaire :** simuler, se faire passer pour.
4. **Quérir :** trouver, aller chercher.
5. **Qui fût de notre intelligence :** qui fût notre complice.
6. **Tout son soûl :** autant qu'il veut.
7. **À ma poste :** à ma convenance.
8. **Maroufle :** homme qui manque de finesse et d'esprit.

Scène 2 VALÈRE, SGANARELLE

VALÈRE. Ah ! mon pauvre Sganarelle, que j'ai de joie de te voir ! J'ai besoin de toi dans une affaire de conséquence[1] ; mais, comme je ne sais pas ce que tu sais faire...

SGANARELLE. Ce que je sais faire, Monsieur ? Employez-moi seulement en vos affaires de conséquence, en quelque chose d'importance : par exemple, envoyez-moi voir quelle heure il est à une horloge, voir combien le beurre vaut au marché, abreuver un cheval ; c'est alors que vous connaîtrez ce que je sais faire.

VALÈRE. Ce n'est pas cela : c'est qu'il faut que tu contrefasses le médecin.

SGANARELLE. Moi, médecin, Monsieur ! Je suis prêt à faire tout ce qu'il vous plaira ; mais pour faire le médecin, je suis assez votre serviteur pour n'en rien faire du tout ; et par quel bout m'y prendre, bon Dieu ? Ma foi ! Monsieur, vous vous moquez de moi.

VALÈRE. Si tu veux entreprendre cela, va, je te donnerai dix pistoles[2].

SGANARELLE. Ah ! pour dix pistoles, je ne dis pas que je ne sois médecin ; car, voyez-vous bien, Monsieur ? Je n'ai pas l'esprit tant, tant subtil, pour vous dire la vérité ; mais, quand je serai médecin, où irai-je ?

VALÈRE. Chez le bonhomme Gorgibus, voir sa fille, qui est malade ; mais tu es un lourdaud qui, au lieu de bien faire, pourrais bien...

SGANARELLE. Hé ! mon Dieu, Monsieur, ne soyez point en peine ; je vous réponds que je ferai aussi bien mourir une personne qu'aucun médecin qui soit dans la ville. On dit un proverbe, d'ordinaire : *Après la mort le médecin*[3] ; mais vous verrez que, si je m'en mêle, on dira : *Après le médecin, gare la mort !* Mais néanmoins,

---

1. **Une affaire de conséquence :** une affaire importante.
2. **Dix pistoles :** dix pistoles correspondent à environ 15 euros.
3. **Après la mort, le médecin :** le remède est apporté une fois qu'il est trop tard.

quand je songe, cela est bien difficile de faire le médecin ; et si je ne fais rien qui vaille... ?

VALÈRE. Il n'y a rien de si facile en cette rencontre : Gorgibus est un homme simple, grossier, qui se laissera étourdir de ton discours, pourvu que tu parles d'Hippocrate et de Galien[1], et que tu sois un peu effronté.

SGANARELLE. C'est-à-dire qu'il lui faudra parler philosophie, mathématique. Laissez-moi faire ; s'il est un homme facile, comme vous le dites, je vous réponds de tout ; venez seulement me faire avoir un habit de médecin, et m'instruire de ce qu'il faut faire, et me donner mes licences[2], qui sont les dix pistoles promises.

Scène 3 GORGIBUS, GROS-RENÉ

GORGIBUS. Allez vitement chercher un médecin ; car ma fille est bien malade, et dépêchez-vous.

GROS-RENÉ. Que diable aussi ! pourquoi vouloir donner votre fille à un vieillard ? Croyez-vous que ce ne soit pas le désir qu'elle a d'avoir un jeune homme qui la travaille ? Voyez-vous la connexité[3] qu'il y a, etc.[4] *(Galimatias[5].)*

GORGIBUS. Va-t'en vite : je vois bien que cette maladie-là reculera bien les noces.

---

1. **Hippocrate et Galien :** deux célèbres médecins grecs de l'Antiquité qui faisaient référence pour la médecine du siècle de Molière.
2. **Licences :** la licence est un degré d'études permettant d'exercer une profession, ici la médecine. Sganarelle joue ironiquement avec le sens de ce mot, puisque seul l'argent lui donnera ce droit (une licence est une liberté, une autorisation).
3. **Connexité :** lien.
4. **Etc. :** le texte reste ici volontairement incomplet pour laisser le comédien libre d'improviser.
5. **Galimatias :** discours embrouillé.

GROS-RENÉ. Et c'est ce qui me fait enrager : je croyais refaire mon ventre d'une bonne carrelure[1], et m'en voilà sevré. Je m'en vais chercher un médecin pour moi aussi bien que pour votre fille ; je suis désespéré.

Scène 4 SABINE, GORGIBUS, SGANARELLE

SABINE. Je vous trouve à propos, mon oncle, pour vous apprendre une bonne nouvelle. Je vous amène le plus habile médecin du monde, un homme qui vient des pays étrangers, qui sait les plus beaux secrets, et qui sans doute guérira ma cousine. On me l'a indiqué par bonheur, et je vous l'amène. Il est si savant que je voudrais de bon cœur être malade, afin qu'il me guérît.

GORGIBUS. Où est-il donc ?

SABINE. Le voilà qui me suit ; tenez, le voilà.

GORGIBUS. Très humble serviteur à Monsieur le médecin ! Je vous envoie quérir pour voir ma fille, qui est malade ; je mets toute mon espérance en vous.

SGANARELLE. Hippocrate dit, et Galien par vives raisons persuade qu'une personne ne se porte pas bien quand elle est malade. Vous avez raison de mettre votre espérance en moi ; car je suis le plus grand, le plus habile, le plus docte médecin qui soit dans la faculté végétale, sensitive et minérale.

GORGIBUS. J'en suis fort ravi.

SGANARELLE. Ne vous imaginez pas que je sois un médecin ordinaire, un médecin du commun. Tous les autres médecins ne sont, à mon égard, que des avortons de médecine. J'ai des talents particuliers, j'ai des secrets. *Salamalec, salamalec.* « Rodrigue, as-tu

---

1. **Carrelure :** un bon repas qui ne coûte rien.

du cœur ? » *Signor, si ; segnor, non. Per omnia saecula saeculorum.*[1] Mais encore voyons un peu.

Sabine. Hé ! ce n'est pas lui qui est malade, c'est sa fille.

Sganarelle. Il n'importe : le sang du père et de la fille ne sont qu'une même chose ; et par l'altération de celui du père, je puis connaître la maladie de la fille. Monsieur Gorgibus, y aurait-il moyen de voir de l'urine de l'égrotante[2] ?

Gorgibus. Oui-da ; Sabine, vite allez quérir de l'urine de ma fille. Monsieur le médecin, j'ai grand'peur qu'elle ne meure.

Sganarelle. Ah ! qu'elle s'en garde bien ! Il ne faut pas qu'elle s'amuse à se laisser mourir sans l'ordonnance du médecin. Voilà de l'urine qui marque grande chaleur, grande inflammation dans les intestins : elle n'est pas tant mauvaise pourtant.

Gorgibus. Hé quoi ? Monsieur, vous l'avalez ?

Sganarelle. Ne vous étonnez pas de cela ! Les médecins, d'ordinaire, se contentent de la regarder ; mais moi, qui suis un médecin hors du commun, je l'avale, parce qu'avec le goût je discerne bien mieux la cause et les suites de la maladie. Mais, à vous dire la vérité, il y en avait trop peu pour asseoir un bon jugement : qu'on la fasse encore pisser.

Sabine. J'ai bien eu de la peine à la faire pisser.

Sganarelle. Que cela ? voilà bien de quoi ! Faites-la pisser copieusement, copieusement. Si tous les malades pissent de la sorte, je veux être médecin toute ma vie.

Sabine. Voilà tout ce qu'on peut avoir : elle ne peut pas pisser davantage.

Sganarelle. Quoi ? Monsieur Gorgibus, votre fille ne pisse que des gouttes ? voilà une pauvre pisseuse que votre fille ; je vois bien

---

1. ***Signor, si ; segnor, non. Per omnia saecula saeculorum :*** Sganarelle mêle ici une expression arabe (« *Salamalec* » : que la paix soit avec toi), une citation célèbre du *Cid* de Corneille (« Rodrigue, as-tu cœur ?), des mots empruntés à l'italien et à l'espagnol (« *Signor, si ; Segnor, non* » : monsieur oui, monsieur, non) et du latin d'église (« *Per omnia saecula, saeculorum* » : dans les siècles des siècles).
2. **L'égrotante :** la malade.

qu'il faudra que je lui ordonne une potion pissative. N'y aurait-il pas moyen de voir la malade ?

SABINE. Elle est levée ; si vous voulez, je la ferai venir.

Scène 5 LUCILE, SABINE, GORGIBUS, SGANARELLE

SGANARELLE. Hé bien ! Mademoiselle, vous êtes malade ?

LUCILE. Oui, Monsieur.

SGANARELLE. Tant pis ! c'est une marque que vous ne vous portez pas bien. Sentez-vous de grandes douleurs à la tête, aux reins ?

LUCILE. Oui, Monsieur.

SGANARELLE. C'est fort bien fait. Oui, ce grand médecin, au chapitre qu'il a fait de la nature des animaux, dit... cent belles choses ; et comme les humeurs qui ont de la connexité ont beaucoup de rapport ; car, par exemple, comme la mélancolie est ennemie de la joie, et que la bile qui se répand par le corps nous fait devenir jaunes, et qu'il n'est rien plus contraire à la santé que la maladie, nous pouvons dire, avec ce grand homme, que votre fille est fort malade. Il faut que je vous fasse une ordonnance.

GORGIBUS. Vite une table, du papier, de l'encre.

SGANARELLE. Y a-t-il ici quelqu'un qui sache écrire ?

GORGIBUS. Est-ce que vous ne le savez point ?

SGANARELLE. Ah ! je ne m'en souvenais pas ; j'ai tant d'affaires dans la tête, que j'oublie la moitié... Je crois qu'il serait nécessaire que votre fille prît un peu l'air, qu'elle se divertît à la campagne.

GORGIBUS. Nous avons un fort beau jardin, et quelques chambres qui y répondent ; si vous le trouvez à propos, je l'y ferai loger.

SGANARELLE. Allons, allons visiter les lieux.

Clefs d'analyse Le Médecin volant
(Scènes 1 à 5)

Action et personnages

1. La première tirade de Sabine expose le problème auquel est confrontée sa cousine. Quel est-il ? Quelle ruse les deux jeunes femmes ont-elles inventée pour y remédier ? Que demande précisément Sabine à Valère ?
2. Quel trait de caractère de l'oncle de Sabine leur facilite la tâche ? Qu'est-ce qui le confirme dans la scène 4 ?
3. Qu'est-ce qui caractérise Sganarelle selon Valère dans la scène 1 ? Pourquoi Valère se résout-il à confier la mission à son valet malgré tout ? En quoi la première réplique de Sganarelle de la scène 2 confirme-t-elle l'opinion de son maître ?
4. Pourquoi Sganarelle accepte-t-il la proposition de Valère ?
5. Dans la scène 3, relevez la phrase qui révèle le bon sens de Gros-René.
6. Expliquez en quoi la remarque de Sabine dans la scène 4 est comique : « Il est si savant que je voudrais de bon cœur être malade, afin qu'il me guérît. »
7. Quelle action ou quel geste Sganarelle accomplit-il après sa réplique : « Mais encore voyons un peu » (scène 4) ? Justifiez votre réponse.
8. Quel aveu de Sganarelle menace de révéler sa supercherie dans la scène 5 ? Qu'est-ce qui le sauve cependant ?
9. À la fin de la scène 5, Sganarelle a-t-il réussi la mission que lui a confiée son maître ?

Langue

10. Pourquoi, dans la scène 2, la phrase de Valère « … mais tu es un lourdaud qui, au lieu de bien faire, pourrais bien… » est-elle inachevée ? Rédigez une fin possible de cette phrase.
11. Relevez les mots de la famille du verbe « pisser » à la fin de la scène 4 et précisez pour chacun d'eux sa classe grammaticale. À quel registre ces mots appartiennent-ils ? Quel effet Molière cherche-t-il à produire à travers leur usage ?

Genre ou thèmes

12. Quelle opinion Sganarelle se fait-il de la médecine ? Citez une phrase de la scène 2 à l'appui de votre réponse.
13. Pour quelle raison Gros-René est-il déçu que les noces de la fille de Gorgibus soient retardées ?
14. Analysez les deux arguments utilisés par Sganarelle dans sa première réplique de la scène 5. Vous semblent-ils convaincants ? Justifiez votre réponse.

Écriture

15. Rédigez les didascalies de la scène 4 de manière à rendre explicites les actions des personnages sous-entendues par les dialogues.
16. En prenant modèle sur Sganarelle, écrivez le discours d'un charlatan en incluant des formules étrangères et des citations.

Pour aller plus loin

17. Molière réutilise un effet comique de la scène 4 dans la scène 5 de l'acte III de *L'Amour médecin*. Retrouvez-le et comparez-les.
18. Lisez la scène 4 de l'acte II du *Médecin malgré lui* et relevez les points communs avec *Le Médecin volant*.

✱ *À retenir*

Les premières scènes de la farce présentent les principaux personnages, caractérisés sommairement : Sganarelle est « lourdaud » et Gorgibus « crédule ». Elles exposent également la situation : la ruse de Lucile pour échapper à un mariage et le rôle de faux médecin joué par Sganarelle. Elles posent enfin le ton de la farce : action rapide, thème du corps et de ses besoins naturels, satire des médecins.

Scène 6

L'AVOCAT. J'ai ouï[1] dire que la fille de M. Gorgibus était malade : il faut que je m'informe de sa santé, et que je lui offre mes services comme ami de toute sa famille. Holà ! holà ! M. Gorgibus y est-il ?

Scène 7 GORGIBUS, L'AVOCAT

GORGIBUS. Monsieur, votre très humble, etc.

L'AVOCAT. Ayant appris la maladie de Mademoiselle votre fille, je vous suis venu témoigner la part que j'y prends, et vous faire offre de tout ce qui dépend de moi.

GORGIBUS. J'étais là dedans avec le plus savant homme.

L'AVOCAT. N'y aurait-il pas moyen de l'entretenir un moment ?

Scène 8 GORGIBUS, L'AVOCAT, SGANARELLE

GORGIBUS. Monsieur, voilà un fort habile homme de mes amis qui souhaiterait de vous parler et vous entretenir.

SGANARELLE. Je n'ai pas le loisir, monsieur Gorgibus : il faut aller à mes malades. Je ne prendrai pas la droite avec vous[2], Monsieur.

---

1. **Ouïr :** entendre.
2. **Je ne prendrai pas la droite avec vous :** laisser la droite à quelqu'un est une marque de respect.

L'AVOCAT. Monsieur, après ce que m'a dit M. Gorgibus de votre mérite et de votre savoir, j'ai eu la plus grande passion du monde d'avoir l'honneur de votre connaissance, et j'ai pris la liberté de vous saluer à ce dessein : je crois que vous ne le trouverez pas mauvais. Il faut avouer que tous ceux qui excellent en quelque science sont dignes de grande louange, et particulièrement ceux qui font profession de la médecine, tant à cause de son utilité, que parce qu'elle contient en elle plusieurs autres sciences, ce qui rend sa parfaite connaissance fort difficile ; et c'est fort à propos qu'Hippocrate dit dans son premier aphorisme[1] : *Vita brevis, ars vero longa, occasio autem praeceps, experimentum periculosum, judicium difficile*[2].

SGANARELLE, *à Gorgibus. Ficile tantina pota baril cambustibus*[3].

L'AVOCAT. Vous n'êtes pas de ces médecins qui ne vous appliquez qu'à la médecine qu'on appelle rationale ou dogmatique[4], et je crois que vous l'exercez tous les jours avec beaucoup de succès : *experientia magistra rerum*[5]. Les premiers hommes qui firent profession de la médecine furent tellement estimés d'avoir cette belle science, qu'on les mit au nombre des Dieux pour les belles cures qu'ils faisaient tous les jours. Ce n'est pas qu'on doive mépriser un médecin qui n'aurait pas rendu la santé à son malade, parce qu'elle ne dépend pas absolument de ses remèdes, ni de son savoir : *Interdum docta plus valet arte malum*[6]. Monsieur, j'ai peur de vous être importun : je prends congé de vous, dans l'espérance que j'ai qu'à la première vue j'aurai l'honneur de converser avec vous avec plus de loisir. Vos heures vous sont précieuses, etc. *(Il sort.)*

---

1. **Aphorisme :** pensée exprimée en une formule brève.
2. ***Vita brevis, ars vero longa, occasio autem praeceps, experimentum periculosum, judicium difficile :*** la vie est courte, l'art long à acquérir, l'occasion fugitive, l'expérience périlleuse et le jugement difficile.
3. ***Ficile tantina pota baril cambustibus :*** latin imaginaire.
4. **Rationale ou dogmatique :** théorique. L'avocat oppose cette médecine à celle qui s'appuie sur l'expérience.
5. ***Experientia magistra rerum :*** c'est l'expérience qui enseigne toute chose, citation d'Érasme.
6. ***Interdum docta plus valet arte malum :*** parfois le mal est plus puissant que l'art savant, citation d'Ovide.

Gorgibus. Que vous semble de[1] cet homme-là ?

Sganarelle. Il sait quelque petite chose. S'il fût demeuré tant soit peu davantage, je l'allais mettre sur une matière sublime et relevée. Cependant, je prends congé de vous. Hé ! que voulez-vous faire ? *(Gorgibus lui donne de l'argent.)*

Gorgibus. Je sais bien ce que je vous dois.

Sganarelle. Vous vous moquez, monsieur Gorgibus. Je n'en prendrai pas, je ne suis pas un homme mercenaire[2]. *(Sganarelle sort et Gorgibus rentre dans sa maison.)* Votre très humble serviteur. *(Il prend l'argent.)*

Scène 9

Valère. Je ne sais ce qu'aura fait Sganarelle : je n'ai point eu de ses nouvelles, et je suis fort en peine où je le pourrais rencontrer. *(Sganarelle revient en habit de valet.)* Mais bon, le voici. Hé bien ! Sganarelle, qu'as-tu fait depuis que je ne t'ai point vu ?

Scène 10 Sganarelle, Valère

Sganarelle. Merveille sur merveille : j'ai si bien fait que Gorgibus me prend pour un habile médecin. Je me suis introduit chez lui, et lui ai conseillé de faire prendre l'air à sa fille, laquelle

1. **Que vous semble de :** que pensez-vous de ?
2. **Je ne suis pas un homme mercenaire :** je ne vends pas mes services.

est à présent dans un appartement qui est au bout de leur jardin, tellement qu'elle est fort éloignée du vieillard, et que vous pouvez l'aller voir commodément.

VALÈRE. Ah ! que tu me donnes de joie ! Sans perdre de temps, je la vais trouver de ce pas.

SGANARELLE. Il faut avouer que ce bonhomme Gorgibus est un vrai lourdaud de se laisser tromper de la sorte. *(Apercevant Gorgibus.)* Ah ! ma foi, tout est perdu : c'est à ce coup que voilà la médecine renversée, mais il faut que je le trompe.

Scène 11 SGANARELLE, GORGIBUS

GORGIBUS. Bonjour, Monsieur.

SGANARELLE. Monsieur, votre serviteur. Vous voyez un pauvre garçon au désespoir ; ne connaissez-vous pas un médecin qui est arrivé depuis peu en cette ville, qui fait des cures admirables ?

GORGIBUS. Oui, je le connais : il vient de sortir de chez moi.

SGANARELLE. Je suis son frère, Monsieur : nous sommes gémeaux[1] ; et, comme nous nous ressemblons fort, on nous prend quelquefois l'un pour l'autre.

GORGIBUS. Je [me] dédonne au diable[2] si je n'y ai été trompé. Et comment vous nommez-vous ?

SGANARELLE. Narcisse, Monsieur, pour vous rendre service. Il faut que vous sachiez qu'étant dans son cabinet, j'ai répandu deux fioles d'essence qui étaient sur le bout de sa table ; aussitôt il s'est mis dans une colère si étrange contre moi, qu'il m'a mis hors du logis, et ne me veut plus jamais voir, tellement que je suis un

1. **Gémeaux :** jumeaux.
2. **Je [me] dédonne au diable :** je me donne au diable.

pauvre garçon à présent sans appui, sans support, sans aucune connaissance.

GORGIBUS. Allez, je ferai votre paix : je suis de ses amis, et je vous promets de vous remettre avec lui. Je lui parlerai d'abord que[1] je le verrai.

SGANARELLE. Je vous serai bien obligé, monsieur Gorgibus. *(Sganarelle sort et rentre aussitôt avec sa robe de médecin.)*

Portrait de Molière en habit de Sganarelle, gravure de Simonin, XVIIe siècle.

1. **D'abord que :** dès que.

Clefs d'analyse

Le Médecin volant (Scènes 6 à 11)

Action et personnages

1. Dans la scène 6, à qui l'avocat s'adresse-t-il ? Quelle autre scène s'appuie sur le même procédé ?
2. Dans la scène 8, le personnage de l'avocat se révèle-t-il un allié de Sganarelle ou un obstacle à l'objectif qu'il poursuit ? Justifiez votre réponse. Pourquoi, selon vous, Molière a-t-il fait intervenir ce personnage à ce moment de l'action ?
3. Qu'y a-t-il de drôle dans la réponse de Sganarelle : « Il sait quelque petite chose » ?
4. Que fait Gorgibus juste après la réplique de Sganarelle : « Cependant, je prends congé de vous », scène 8 ?
5. Pourquoi Sganarelle s'écrie-t-il que « tout est perdu » à fin de la scène 10 ? Par quelle ruse tente-t-il de s'en sortir dans la scène suivante ?
6. De quel nouveau trait de caractère Gorgibus fait-il preuve dans cette scène ? Sa réaction arrange-t-elle Sganarelle ? Justifiez votre réponse.
7. Dans quelle situation Sganarelle se retrouve-t-il à la fin de la scène 11 ?

Langue

8. Relevez une construction syntaxique inusitée de nos jours dans la scène 7 et une autre au tout début de la scène 8. Récrivez les deux phrases concernées avec des tournures modernes.
9. Relevez les mots et les expressions positifs employés par l'avocat à la scène 8 à propos de Sganarelle et des médecins. Les compliments de l'avocat vous semblent-ils justifiés ? Quel trait de caractère de ce personnage est ainsi dénoncé par Molière ?

Genre ou thèmes

10. En vous appuyant sur ce que vous savez du genre de la farce, expliquez pourquoi la première réplique de Gorgibus dans la scène 7 et la dernière de l'avocat dans la scène 8 se concluent par « etc. » ?

11. À combien de reprises l'avocat fait-il des citations en latin ? Que révèlent-elles de son caractère ?

12. Quel est le dernier argument utilisé par l'avocat ? Qu'en pensez-vous ?

13. Comparez la taille de ces six scènes. Qu'en déduisez-vous quant au rythme de la pièce ?

Écriture

14. Imaginez une fin au discours de l'avocat.

15. Rédigez deux éloges adressés à un professeur imaginaire. Le premier éloge sera sérieux et aussi sincère que possible. Le second sera un exercice de flatterie à la manière du discours de l'avocat.

Pour aller plus loin

16. D'après la traduction de la phrase en latin proposée dans la note 2 page 30, retrouvez le sens des mots « *vita, brevis, ars, longa, experimentum, periculosum et judicium* ». Pour chacun de ces mots, trouvez un mot de la même famille.

17. En vous aidant d'un dictionnaire mythologique, faites une recherche documentaire sur Narcisse. Pourquoi, selon vous, Molière a-t-il choisi ce nom pour désigner le prétendu frère de Sganarelle ?

✻ *À retenir*

Alors que l'intrigue semblait résolue, l'action de la farce est aussitôt relancée par l'apparition de l'avocat qui menace de révéler l'imposture de Sganarelle. À peine tiré d'affaire, ce dernier est surpris par Gorgibus sans son habit de médecin. Le voilà désormais contraint de s'inventer un frère jumeau ! Le trompeur se retrouve ainsi dépassé par sa supercherie. Et l'action gagne en vivacité.

Scène 12 SGANARELLE, GORGIBUS

SGANARELLE. Il faut avouer que, quand les malades ne veulent pas suivre l'avis du médecin, et qu'ils s'abandonnent à la débauche, que…

GORGIBUS. Monsieur le Médecin, votre très humble serviteur. Je vous demande une grâce.

SGANARELLE. Qu'y a-t-il, Monsieur ? Est-il question de vous rendre service ?

GORGIBUS. Monsieur, je viens de rencontrer Monsieur votre frère, qui est tout à fait fâché de…

SGANARELLE. C'est un coquin, monsieur Gorgibus.

GORGIBUS. Je vous réponds qu'il est tellement contrit[1] de vous avoir mis en colère…

SGANARELLE. C'est un ivrogne, monsieur Gorgibus.

GORGIBUS. Hé ! Monsieur, vous voulez désespérer ce pauvre garçon ?

SGANARELLE. Qu'on ne m'en parle plus ; mais voyez l'impudence[2] de ce coquin-là, de vous aller trouver pour faire son accord[3] ; je vous prie de ne m'en pas parler.

GORGIBUS. Au nom de Dieu, Monsieur le Médecin ! et faites cela pour l'amour de moi. Si je suis capable de vous obliger[4] en autre chose, je le ferai de bon cœur. Je m'y suis engagé, et…

SGANARELLE. Vous m'en priez avec tant d'insistance que, quoique j'eusse fait serment de ne lui pardonner jamais, allez, touchez là : je lui pardonne. Je vous assure que je me fais grande violence, et qu'il faut que j'aie bien de la complaisance pour vous. Adieu, monsieur Gorgibus.

---

1. **Il est contrit :** il s'en veut.
2. **Impudence :** manque total de scrupules.
3. **Pour faire son accord :** pour se réconcilier avec moi.
4. **Vous obliger :** vous être redevable.

Gorgibus. Monsieur, votre très humble serviteur ; je m'en vais chercher ce pauvre garçon pour lui apprendre cette bonne nouvelle.

Scène 13 Valère, Sganarelle

Valère. Il faut que j'avoue que je n'eusse jamais cru que Sganarelle se fût si bien acquitté de son devoir. *(Sganarelle rentre avec ses habits de valet.)* Ah ! mon pauvre garçon, que je t'ai d'obligation ! que j'ai de joie ! et que...

Sganarelle. Ma foi, vous parlez fort à votre aise. Gorgibus m'a rencontré ; et sans une invention que j'ai trouvée, toute la mèche[1] était découverte. Mais fuyez-vous-en, le voici.

Scène 14 Gorgibus, Sganarelle

Gorgibus. Je vous cherchais partout pour vous dire que j'ai parlé à votre frère : il m'a assuré qu'il vous pardonnait ; mais, pour en être plus assuré, je veux qu'il vous embrasse[2] en ma présence ; entrez dans mon logis, et je l'irai chercher.

Sganarelle. Ah ! Monsieur Gorgibus, je ne crois pas que vous le trouviez à présent ; et puis je ne resterai pas chez vous : je crains trop sa colère.

---

1. **La mèche :** le secret.
2. **Embrasser :** serrer quelqu'un dans ses bras.

GORGIBUS. Ah ! vous demeurerez, car je vous enfermerai. Je m'en vais à présent chercher votre frère : ne craignez rien, je vous réponds qu'il n'est plus fâché. *(Il sort.)*

SGANARELLE, *de la fenêtre.* Ma foi, me voilà attrapé ce coup-là ; il n'y a plus moyen de m'en échapper. Le nuage est fort épais, et j'ai bien peur que, s'il vient à crever, il ne grêle sur mon dos force coups de bâton, ou que, par quelque ordonnance plus forte que toutes celles des médecins, on m'applique tout au moins un cautère[1] royal sur les épaules. Mes affaires vont mal ; mais pourquoi se désespérer ? Puisque j'ai tant fait, poussons la fourbe[2] jusques au bout. Oui, oui, il en faut encore sortir, et faire voir que Sganarelle est le roi des fourbes. *(Il saute de la fenêtre et s'en va.)*

Scène 15 GROS-RENÉ, GORGIBUS, SGANARELLE

GROS-RENÉ. Ah ! ma foi, voilà qui est drôle ! Comme diable on saute ici par les fenêtres ! Il faut que je demeure ici, et que je voie à quoi tout cela aboutira.

GORGIBUS. Je ne saurais trouver ce médecin ; je ne sais où diable il s'est caché. *(Apercevant Sganarelle qui revient en habit de médecin.)* Mais le voici. Monsieur, ce n'est pas assez d'avoir pardonné à votre frère ; je vous prie, pour ma satisfaction, de l'embrasser : il est chez moi, et je vous cherchais partout pour vous prier de faire cet accord en ma présence.

SGANARELLE. Vous vous moquez, monsieur Gorgibus : n'est-ce pas assez que je lui pardonne ? Je ne le veux jamais voir.

GORGIBUS. Mais, Monsieur, pour l'amour de moi.

---

1. **Le cautère :** servait à brûler la peau pour faire disparaître une partie malade. On appelait par plaisanterie « cautère royal » la fleur de lys appliquée au fer rouge sur l'épaule de certains condamnés.
2. **La fourbe :** la fourberie.

SGANARELLE. Je ne vous saurais rien refuser : dites-lui qu'il descende. *(Pendant que Gorgibus rentre dans sa maison par la porte, Sganarelle y rentre par la fenêtre.)*

GORGIBUS, *à la fenêtre.* Voilà votre frère qui vous attend là-bas : il m'a promis qu'il fera tout ce que je voudrai.

SGANARELLE, *à la fenêtre.* Monsieur Gorgibus, je vous prie de le faire venir ici : je vous conjure que ce soit en particulier que je lui demande pardon, parce que sans doute il me ferait cent hontes et cent opprobres[1] devant tout le monde. *(Gorgibus sort de sa maison par la porte, et Sganarelle par la fenêtre.)*

GORGIBUS. Oui-da, je m'en vais lui dire. Monsieur, il dit qu'il est honteux, et qu'il vous prie d'entrer, afin qu'il vous demande pardon en particulier. Voilà la clef, vous pouvez entrer ; je vous supplie de ne me pas refuser et de me donner ce contentement.

SGANARELLE. Il n'y a rien que je ne fasse pour votre satisfaction : vous allez entendre de quelle manière je le vais traiter. *(À la fenêtre.)* Ah ! te voilà, coquin. – Monsieur mon frère, je vous demande pardon, je vous promets qu'il n'y a point de ma faute. – Il n'y a point de ta faute, pilier de débauche, coquin ? Va, je t'apprendrai à vivre. Avoir la hardiesse d'importuner M. Gorgibus, de lui rompre la tête de tes sottises ! – Monsieur mon frère... – Tais-toi, te dis-je. – Je ne vous désoblig... – Tais-toi, coquin.

GROS-RENÉ. Qui diable pensez-vous qui soit chez vous à présent ?

GORGIBUS. C'est le médecin et Narcisse son frère ; ils avaient quelque différend, et ils font leur accord.

GROS-RENÉ. Le diable emporte ! ils ne sont qu'un.

SGANARELLE, *à la fenêtre.* Ivrogne que tu es, je t'apprendrai à vivre. Comme il baisse la vue ! il voit bien qu'il a failli, le pendard[2]. Ah ! l'hypocrite, comme il fait le bon apôtre !

GROS-RENÉ. Monsieur, dites-lui un peu par plaisir qu'il fasse mettre son frère à la fenêtre.

GORGIBUS. Oui-da, Monsieur le Médecin, je vous prie de faire paraître votre frère à la fenêtre.

---

1. **Opprobre :** marque de déshonneur.
2. **Pendard :** coquin, fripon.

SGANARELLE, *de la fenêtre.* Il est indigne de la vue des gens d'honneur, et puis je ne le saurais souffrir[1] auprès de moi.

GORGIBUS. Monsieur, ne me refusez pas cette grâce, après toutes celles que vous m'avez faites.

SGANARELLE, *de la fenêtre.* En vérité, monsieur Gorgibus, vous avez un tel pouvoir sur moi que je ne vous puis rien refuser. Montre, montre-toi, coquin. *(Après avoir disparu un moment, il se remontre en habit de valet.)* – Monsieur Gorgibus, je suis votre obligé. *(Il disparaît encore, et reparaît aussitôt en robe de médecin.)* – Hé bien ! avez-vous vu cette image de la débauche ?

GROS-RENÉ. Ma foi, ils ne sont qu'un, et, pour vous le prouver, dites-lui un peu que vous les voulez voir ensemble.

GORGIBUS. Mais faites-moi la grâce de le faire paraître avec vous, et de l'embrasser devant moi à la fenêtre.

SGANARELLE, *de la fenêtre.* C'est une chose que je refuserais à tout autre qu'à vous : mais pour vous montrer que je veux tout faire pour l'amour de vous, je m'y résous, quoique avec peine, et veux auparavant qu'il vous demande pardon de toutes les peines qu'il vous a données. – Oui, monsieur Gorgibus, je vous demande pardon de vous avoir tant importuné, et vous promets, mon frère, en présence de M. Gorgibus que voilà, de faire si bien désormais, que vous n'aurez plus lieu de vous plaindre, vous priant de ne plus songer à ce qui s'est passé.
(Il embrasse son chapeau et sa fraise[2] qu'il a mis au bout de son coude.)

GORGIBUS. Hé bien ! ne les voilà pas tous deux ?

GROS-RENÉ. Ah ! par ma foi, il est sorcier.

SGANARELLE, *sortant de la maison, en médecin.* Monsieur, voilà la clef de votre maison que je vous rends ; je n'ai pas voulu que ce coquin soit descendu avec moi, parce qu'il me fait honte : je ne voudrais pas qu'on le vît en ma compagnie dans la ville, où je suis en quelque réputation. Vous irez le faire sortir quand bon vous semblera. Je vous donne le bonjour, et suis votre, etc. *(Il feint de s'en aller, et, après avoir mis bas[3] sa robe, rentre dans la maison par la fenêtre.)*

---

1. **Souffrir :** supporter.
2. **Fraise :** col plissé démodé au milieu du XVIIIe siècle.
3. **Après avoir mis bas :** après avoir retiré.

GORGIBUS. Il faut que j'aille délivrer ce pauvre garçon ; en vérité, s'il lui a pardonné, ce n'a pas été sans le bien maltraiter. *(Il entre dans sa maison, et en sort avec Sganarelle, en habit de valet.)*

SGANARELLE. Monsieur, je vous remercie de la peine que vous avez prise et de la bonté que vous avez eue : je vous en serai obligé toute ma vie.

GROS-RENÉ. Où pensez-vous que soit à présent le médecin ?

GORGIBUS. Il s'en est allé.

GROS-RENÉ, *qui a ramassé la robe de Sganarelle.* Je le tiens sous mon bras. Voilà le coquin qui faisait le médecin, et qui vous trompe. Cependant qu'il vous trompe et joue la farce chez vous, Valère et votre fille sont ensemble, qui s'en vont à tous les diables.

GORGIBUS. Ah ! que je suis malheureux ! mais tu seras pendu, fourbe, coquin.

SGANARELLE. Monsieur, qu'allez-vous faire de me pendre ? Écoutez un mot, s'il vous plaît : il est vrai que c'est par mon invention que mon maître est avec votre fille ; mais en le servant, je ne vous ai point désobligé : c'est un parti sortable[1] pour elle, tant pour la naissance que pour les biens. Croyez-moi, ne faites point un vacarme qui tournerait à votre confusion, et envoyez à tous les diables ce coquin-là, avec Villebrequin. Mais voici nos amants.

Scène 16 VALÈRE, GORGIBUS, LUCILE

VALÈRE. Nous nous jetons à vos pieds.

GORGIBUS. Je vous pardonne, et suis heureusement trompé par Sganarelle, ayant un si brave gendre. Allons tous faire noces, et boire à la santé de toute la compagnie.

---

1. **Parti sortable :** une personne à marier dont la condition sociale paraît convenable.

Clefs d'analyse **Le Médecin volant (Scènes 12 à 16)**

Action et personnages

1. Dans la scène 12, Sganarelle porte-t-il le même costume que dans la scène 11 ? Justifiez votre réponse. De quelle qualité Sganarelle fait-il donc preuve ?
2. Expliquez l'effet comique de l'aveu de Sganarelle dans la scène 12 : « Je vous assure que je me fais grande violence… »
3. Quelle est la fonction de l'apparition de Valère dans la scène 13 ?
4. Que révèle Sganarelle de sa personnalité à la fin de la scène 14 ? Quelle question le spectateur se pose-t-il à l'issue de cette scène ?
5. En vous appuyant sur la première réplique de Gros-René dans la scène 15, expliquez l'action qui vient de se produire. Quel est l'intérêt dramatique de cette nouvelle situation ?
6. Quels sont les deux éléments de costume dont se sert Sganarelle dans la scène 15 ?
7. À quel moment Gorgibus comprend-il la supercherie dont il est la victime ? Justifiez votre réponse en vous appuyant sur le texte.

Langue

8. Relevez et comparez les expressions employées par Sganarelle et par Gorgibus pour désigner Narcisse dans la scène 12.
9. Citez une expression courante dans laquelle le mot « mèche » est utilisé avec le même sens que dans la réplique de Sganarelle (scène 13).
10. « Poussons la fourbe jusques au bout » (scène 14). Quelle est l'originalité de ce mot par rapport à son sens actuel ? Trouvez un mot de la même famille et le titre d'une pièce de Molière dans lequel il figure.
11. Dans la dernière tirade de Sganarelle de la scène 14, expliquez ce que Sganarelle entend par « nuage » et citez les deux verbes qui filent la métaphore.
12. Relevez les verbes conjugués au mode impératif dans la scène 15 puis classez-les dans un tableau en précisant le personnage

qui les adresse et leur destinataire. Déduisez-en qui cherche à prendre le contrôle de la scène.

Genre ou thèmes

13. Reformulez l'argument employé par Sganarelle à la fin de la scène 15 pour convaincre Gorgibus de marier sa fille à Valère. Gorgibus se laisse-t-il facilement convaincre ? Ce dénouement vous semble-t-il vraisemblable ? Pourquoi, selon vous, Molière n'a-t-il pas utilisé cet argument dès le début de la farce ?

Écriture

14. Imaginez le jeu de scène dans le premier dialogue entre Sganarelle et Narcisse (scène 15).
15. De retour chez lui, Gros-René raconte la scène (15) à sa femme. Imaginez.

Pour aller plus loin

16. Dans la scène 2 de l'acte III des *Fourberies de Scapin*, Scapin est amené lui aussi à jouer plusieurs rôles simultanément. Comparez sa ruse à celle de Sganarelle.
17. Mettez en scène la scène 15.

* *À retenir*

L'obstination de Gorgibus à vouloir réconcilier les deux frères contraint Sganarelle à un tour de force : jouer presque simultanément deux personnages ! Obstacle supplémentaire, Gros-René a découvert le pot aux roses. La ruse finit donc par échouer. Mais le dénouement est heureux car Sganarelle rend vite Gorgibus à ses raisons. C'est que dans la farce la vraisemblance importe moins que le plaisir et le rire.

L'AMOUR MEDECIN

L'ŒUVRE

L'Amour médecin

Molière

Comédie (1665)

L'AMOUR MÉDECIN

Comédie

Par J.-B. P. MOLIÈRE

Représentée pour la première fois à Versailles par ordre du Roi le 15 septembre 1665 et donnée depuis au public à Paris sur le théâtre du Palais-Royal le 22 du même mois de septembre 1665 par la Troupe du Roi.

AU LECTEUR

Ce n'est ici qu'un simple crayon, un petit impromptu[1], dont le Roi a voulu se faire un divertissement. Il est le plus précipité de tous ceux que Sa Majesté m'ait commandés, et, lorsque je dirai qu'il a été proposé, fait, appris et représenté en cinq jours, je ne dirai que ce qui est vrai. Il n'est pas nécessaire de vous avertir qu'il y a beaucoup de choses qui dépendent de l'action : on sait bien que les comédies ne sont faites que pour être jouées ; et je ne conseille de lire celle-ci qu'aux personnes qui ont des yeux pour découvrir dans la lecture tout le jeu du théâtre ; ce que je vous dirai, c'est qu'il serait à souhaiter que ces sortes d'ouvrages pussent toujours se montrer à vous avec les ornements qui les accompagnent chez le Roi. Vous les verriez dans un état beaucoup plus supportable, et les airs et les symphonies de l'incomparable M. Lully[2], mêlées à la beauté des voix et à l'adresse des danseurs, leur donnent, sans doute, des grâces dont ils ont toutes les peines du monde à se passer.

---

1. **Impromptu :** petite pièce composée rapidement et presque sans préparation.
2. **M. Lully :** compositeur français d'origine italienne, surintendant de la Musique de Louis XIV.

L'AMOUR MÉDECIN
Prologue

LA COMÉDIE, LA MUSIQUE ET LE BALLET

LA COMÉDIE

Quittons, quittons notre vaine querelle,
Ne nous disputons point nos talents tour à tour,
Et d'une gloire plus belle
Piquons-nous en ce jour :
Unissons-nous tous trois d'une ardeur sans seconde,
Pour donner du plaisir au plus grand roi du monde.

TOUS TROIS

Unissons-nous...

LA COMÉDIE

De ses travaux, plus grands qu'on ne peut croire,
Il se vient quelquefois délasser parmi nous :
Est-il de plus grande gloire
Est-il bonheur plus doux ?
Unissons-nous tous trois...

TOUS TROIS

Unissons-nous...

PERSONNAGES

SGANARELLE	*père de Lucinde.*
LUCINDE	*fille de Sganarelle.*
CLITANDRE	*amant de Lucinde.*
AMINTE	*voisine de Sganarelle.*
LUCRÈCE	*nièce de Sganarelle.*
LISETTE	*suivante de Lucinde.*
M. GUILLAUME	*vendeur de tapisseries.*
M. JOSSE	*orfèvre.*
M. TOMÈS	*médecin.*
M. DES FONANDRÈS	*médecin.*
M. MACROTON	*médecin.*
M. BAHYS	*médecin.*
M. FILERIN	*médecin.*
UN NOTAIRE.	
CHAMPAGNE	*valet de Sganarelle.*
UN OPÉRATEUR.	
PLUSIEURS TRIVELINS ET SCARAMOUCHES.	
LA COMÉDIE.	
LA MUSIQUE.	
LE BALLET.	

La scène est à Paris, dans une salle de la maison de Sganarelle.

ACTE I

Scène 1 SGANARELLE, AMINTE, LUCRÈCE, M. JOSSE, M. GUILLAUME

SGANARELLE. Ah ! L'étrange chose que la vie ! Et que je puis bien dire, avec ce grand philosophe de l'antiquité, que qui terre a, guerre a[1], et qu'un malheur ne vient jamais sans l'autre ! Je n'avais qu'une seule femme, qui est morte.

M. GUILLAUME. Et combien donc en voulez-vous avoir ?

SGANARELLE. Elle est morte, Monsieur Guillaume mon ami. Cette perte m'est très sensible, et je ne puis m'en ressouvenir sans pleurer. Je n'étais pas fort satisfait de sa conduite, et nous avions le plus souvent dispute ensemble ; mais enfin la mort rajuste toutes choses. Elle est morte : je la pleure. Si elle était en vie, nous nous querellerions. De tous les enfants que le Ciel m'avait donnés, il ne m'a laissé qu'une fille, et cette fille est toute ma peine. Car enfin je la vois dans une mélancolie la plus sombre du monde, dans une tristesse épouvantable, dont il n'y a pas moyen de la retirer, et dont je ne saurais même apprendre la cause. Pour moi, j'en perds l'esprit, et j'aurais besoin d'un bon conseil sur cette matière. Vous êtes ma nièce ; vous, ma voisine ; et vous, mes compères et mes amis : je vous prie de me conseiller tout ce que je dois faire.

M. JOSSE. Pour moi, je tiens que la braverie[2] et l'ajustement[3] est la chose qui réjouit le plus les filles ; et si j'étais que de vous, je lui achèterais, dès aujourd'hui, une belle garniture de diamants, ou de rubis, ou d'émeraudes.

M. GUILLAUME. Et moi, si j'étais en votre place, j'achèterais une belle tenture de tapisserie de verdure, ou à personnages, que je ferais mettre dans sa chambre, pour lui réjouir l'esprit et la vue.

---

1. **Qui terre a, guerre a :** la possession entraîne la perte de la tranquillité.
2. **Braverie :** coquetterie, élégance.
3. **Ajustement :** parure, bijoux.

AMINTE. Pour moi, je ne ferais point tant de façon ; et je la marierais fort bien, et le plus tôt que je pourrais, avec cette personne qui vous la fit, dit-on, demander il y a quelque temps.

LUCRÈCE. Et moi, je tiens que votre fille n'est point du tout propre pour le mariage. Elle est d'une complexion[1] trop délicate et trop peu saine, et c'est la vouloir envoyer bientôt en l'autre monde, que de l'exposer, comme elle est, à faire des enfants. Le monde n'est point du tout son fait, et je vous conseille de la mettre dans un couvent, où elle trouvera des divertissements qui seront mieux de son humeur.

SGANARELLE. Tous ces conseils sont admirables assurément ; mais je les tiens un peu intéressés, et trouve que vous me conseillez fort bien pour vous. Vous êtes orfèvre, Monsieur Josse, et votre conseil sent son homme qui a envie de se défaire de sa marchandise. Vous vendez des tapisseries, Monsieur Guillaume, et vous avez la mine d'avoir quelque tenture[2] qui vous incommode. Celui que vous aimez, ma voisine, a, dit-on, quelque inclination pour ma fille, et vous ne seriez pas fâchée de la voir la femme d'un autre. Et quant à vous, ma chère nièce, ce n'est pas mon dessein[3], comme on sait, de marier ma fille avec qui que ce soit, et j'ai mes raisons pour cela ; mais le conseil que vous me donnez de la faire religieuse est d'une femme qui pourrait bien souhaiter charitablement d'être mon héritière universelle. Ainsi, Messieurs et Mesdames, quoique tous vos conseils soient les meilleurs du monde, vous trouverez bon, s'il vous plaît, que je n'en suive aucun. Voilà de mes donneurs de conseils à la mode.

---

1. **Complexion :** tempérament, constitution.
2. **Tenture :** tapisserie décorative.
3. **Dessein :** intention, objectif.

Scène 2 LUCINDE, SGANARELLE

SGANARELLE. Ah ! voilà ma fille qui prend l'air. Elle ne me voit pas ; elle soupire ; elle lève les yeux au ciel. Dieu vous gard ! Bon jour, ma mie[1]. Hé bien ! qu'est-ce ? Comme vous en va ?[2] Hé ! quoi ? toujours triste et mélancolique comme cela, et tu ne veux pas me dire ce que tu as. Allons donc, découvre-moi ton petit cœur. Là, ma pauvre mie, dis, dis ; dis tes petites pensées à ton petit papa mignon. Courage ! Veux-tu que je te baise ? Viens. J'enrage de la voir de cette humeur-là. Mais, dis-moi, me veux-tu faire mourir de déplaisir, et ne puis-je savoir d'où vient cette grande langueur[3] ? Découvre-m'en la cause, et je te promets que je ferai toutes choses pour toi. Oui, tu n'as qu'à me dire le sujet de ta tristesse ; je t'assure ici, et te fais serment qu'il n'y a rien que je ne fasse pour te satisfaire : c'est tout dire. Est-ce que tu es jalouse de quelqu'une de tes compagnes que tu voies plus brave que toi ? et serait-il quelque étoffe nouvelle dont tu voulusses avoir un habit ? Non. Est-ce que ta chambre ne te semble pas assez parée, et que tu souhaiterais quelque cabinet[4] de la foire Saint-Laurent[5] ? Ce n'est pas cela. Aurais-tu envie d'apprendre quelque chose ? et veux-tu que je te donne un maître pour te montrer à jouer du clavecin ? Nenni. Aimerais-tu quelqu'un, et souhaiterais-tu d'être mariée ?
Lucinde lui fait signe que c'est cela.

---

1. **Ma mie :** mon amie ; s'emploie généralement pour une femme aimée.
2. **Comme vous en va ? :** comment allez-vous ?
3. **Langueur :** état d'une personne qui s'affaiblit, mélancolie.
4. **Cabinet :** meuble à tiroirs.
5. **La foire Saint-Laurent :** foire réunissant des artisans, des commerçants et des bourgeois. Elle se déroulait à Paris dans le 10e arrondissement. On y trouvait des objets de luxe et des antiquités.

Scène 3 LISETTE, SGANARELLE, LUCINDE

LISETTE. Hé bien, Monsieur, vous venez d'entretenir votre fille. Avez-vous su la cause de sa mélancolie ?

SGANARELLE. Non. C'est une coquine qui me fait enrager.

LISETTE. Monsieur, laissez-moi faire, je m'en vais la sonder un peu.

SGANARELLE. Il n'est pas nécessaire ; et puisqu'elle veut être de cette humeur, je suis d'avis qu'on l'y laisse.

LISETTE. Laissez-moi faire, vous dis-je. Peut-être qu'elle se découvrira[1] plus librement à moi qu'à vous. Quoi ? Madame, vous ne nous direz point ce que vous avez, et vous voulez affliger ainsi tout le monde ? Il me semble qu'on n'agit point comme vous faites, et que, si vous avez quelque répugnance à vous expliquer à un père, vous n'en devez avoir aucune à me découvrir votre cœur. Dites-moi, souhaitez-vous quelque chose de lui ? Il nous a dit plus d'une fois qu'il n'épargnerait rien pour vous contenter. Est-ce qu'il ne vous donne pas toute la liberté que vous souhaiteriez, et les promenades et les cadeaux[2] ne tenteraient-ils point votre âme ? Heu. Avez-vous reçu quelque déplaisir de quelqu'un ? Heu. N'auriez-vous point quelque secrète inclination[3], avec qui vous souhaiteriez que votre père vous mariât ? Ah ! je vous entends. Voilà l'affaire. Que diable ? Pourquoi tant de façons ? Monsieur, le mystère est découvert ; et...

SGANARELLE, *l'interrompant.* Va, fille ingrate, je ne te veux plus parler, et je te laisse dans ton obstination.

LUCINDE. Mon père, puisque vous voulez que je vous dise la chose...

SGANARELLE. Oui, je perds toute l'amitié[4] que j'avais pour toi.

---

1. **Elle se découvrira :** elle révélera la vérité.
2. **Cadeaux :** au XVIIe siècle, le mot « cadeau » désignait une fête galante offerte à une dame.
3. **Inclination :** penchant, attirance.
4. **Amitié :** affection.

LISETTE. Monsieur, sa tristesse…

SGANARELLE. C'est une coquine qui me veut faire mourir.

LUCINDE. Mon père, je veux bien…

SGANARELLE. Ce n'est pas la récompense de t'avoir élevée comme j'ai fait.

LISETTE. Mais, Monsieur…

SGANARELLE. Non, je suis contre elle dans une colère épouvantable.

LUCINDE. Mais, mon père…

SGANARELLE. Je n'ai plus aucune tendresse pour toi.

LISETTE. Mais…

SGANARELLE. C'est une friponne[1].

LUCINDE. Mais…

SGANARELLE. Une ingrate.

LISETTE. Mais…

SGANARELLE. Une coquine, qui ne me veut pas dire ce qu'elle a.

LISETTE. C'est un mari qu'elle veut.

SGANARELLE, *faisant semblant de ne pas entendre.* Je l'abandonne.

LISETTE. Un mari.

SGANARELLE. Je la déteste.

LISETTE. Un mari.

SGANARELLE. Et la renonce pour ma fille[2].

LISETTE. Un mari.

SGANARELLE. Non, ne m'en parlez point.

LISETTE. Un mari.

SGANARELLE. Ne m'en parlez point.

LISETTE. Un mari.

SGANARELLE. Ne m'en parlez point.

LISETTE. Un mari, un mari, un mari.

---

1. **Fripon :** personne malhonnête.
2. **Et la renonce pour ma fille :** et je ne la considère plus comme ma fille.

Scène 4 LISETTE, LUCINDE

LISETTE. On dit bien vrai : qu'il n'y a point de pires sourds que ceux qui ne veulent point entendre.

LUCINDE. Hé bien ! Lisette, j'avais tort de cacher mon déplaisir, et je n'avais qu'à parler pour avoir tout ce que je souhaitais de mon père ! Tu le vois.

LISETTE. Par ma foi ! voilà un vilain homme ; et je vous avoue que j'aurais un plaisir extrême à lui jouer quelque tour. Mais d'où vient donc, Madame, que jusqu'ici vous m'avez caché votre mal ?

LUCINDE. Hélas ! de quoi m'aurait servi de te le découvrir plus tôt ? et n'aurais-je pas autant gagné à le tenir caché toute ma vie ? Crois-tu que je n'aie pas bien prévu tout ce que tu vois maintenant, que je ne susse pas à fond tous les sentiments de mon père, et que le refus qu'il a fait porter à celui qui m'a demandée par un ami n'ait pas étouffé dans mon âme toute sorte d'espoir ?

LISETTE. Quoi ? c'est cet inconnu qui vous a fait demander, pour qui vous...

LUCINDE. Peut-être n'est-il pas honnête à une fille de s'expliquer si librement ; mais enfin je t'avoue que, s'il m'était permis de vouloir quelque chose, ce serait lui que je voudrais. Nous n'avons eu ensemble aucune conversation, et sa bouche ne m'a point déclaré la passion qu'il a pour moi ; mais, dans tous les lieux où il m'a pu voir, ses regards et ses actions m'ont toujours parlé si tendrement, et la demande qu'il a fait faire de moi m'a paru d'un si honnête homme, que mon cœur n'a pu s'empêcher d'être sensible à ses ardeurs ; et cependant tu vois où la dureté de mon père réduit toute cette tendresse.

LISETTE. Allez, laissez-moi faire. Quelque sujet que j'aie de me plaindre de vous du secret que vous m'avez fait, je ne veux pas laisser[1] de servir votre amour ; et pourvu que vous ayez assez de résolution...

---

1. **Laisser :** cesser.

LUCINDE. Mais que veux-tu que je fasse contre l'autorité d'un père ? Et s'il est inexorable[1] à mes vœux...

LISETTE. Allez, allez, il ne faut pas se laisser mener comme un oison[2] ; et pourvu que l'honneur n'y soit pas offensé, on se peut libérer un peu de la tyrannie d'un père. Que prétend-il que vous fassiez ? N'êtes-vous pas en âge d'être mariée ? et croit-il que vous soyez de marbre ? Allez, encore un coup, je veux servir votre passion ; je prends, dès à présent, sur moi tout le soin de ses intérêts, et vous verrez que je sais des détours[3]... Mais je vois votre père. Rentrons, et me laissez agir.

Scène 5

SGANARELLE. Il est bon quelquefois de ne point faire semblant d'entendre les choses qu'on n'entend que trop bien, et j'ai fait sagement de parer la déclaration d'un désir que je ne suis pas résolu de contenter. A-t-on jamais rien vu de plus tyrannique que cette coutume où l'on veut assujettir[4] les pères ? Rien de plus impertinent et de plus ridicule que d'amasser du bien avec de grands travaux, et élever une fille avec beaucoup de soin et de tendresse, pour se dépouiller de l'un et de l'autre entre les mains d'un homme qui ne nous touche de rien ? Non, non : je me moque de cet usage, et je veux garder mon bien et ma fille pour moi.

---

1. **Inexorable :** inflexible, qu'on ne peut faire changer d'avis.
2. **Oison :** petit de l'oie ; par extension, personne très crédule.
3. **Détour :** ruse.
4. **Assujettir :** dominer, soumettre.

Scène 6 LISETTE, SGANARELLE

LISETTE, *faisant semblant de ne pas voir Sganarelle.* Ah, malheur ! Ah, disgrâce[1] ! Ah, pauvre seigneur Sganarelle ! Où pourrai-je te rencontrer ?

SGANARELLE. Que dit-elle là ?

LISETTE. Ah, misérable père ! que feras-tu, quand tu sauras cette nouvelle ?

SGANARELLE. Que sera-ce ?

LISETTE. Ma pauvre maîtresse !

SGANARELLE. Je suis perdu.

LISETTE. Ah !

SGANARELLE. Lisette.

LISETTE. Quelle infortune !

SGANARELLE. Lisette.

LISETTE. Quel accident !

SGANARELLE. Lisette.

LISETTE. Quelle fatalité !

SGANARELLE. Lisette.

LISETTE. Ah, Monsieur !

SGANARELLE. Qu'est-ce ?

LISETTE. Monsieur.

SGANARELLE. Qu'y a-t-il ?

LISETTE. Votre fille.

SGANARELLE. Ah, ah !

LISETTE. Monsieur, ne pleurez donc point comme cela ; car vous me feriez rire.

SGANARELLE. Dis donc vite.

---

1. **Disgrâce :** infortune, malheur.

LISETTE. Votre fille, toute saisie des paroles que vous lui avez dites et de la colère effroyable où elle vous a vu contre elle, est montée vite dans sa chambre, et, pleine de désespoir, a ouvert la fenêtre qui regarde sur la rivière.

SGANARELLE. Hé bien ?

LISETTE. Alors, levant les yeux au ciel : « Non, a-t-elle dit, il m'est impossible de vivre avec le courroux[1] de mon père, et puisqu'il me renonce pour sa fille, je veux mourir. »

SGANARELLE. Elle s'est jetée ?

LISETTE. Non, Monsieur : elle a fermé tout doucement la fenêtre, et s'est allée mettre sur son lit. Là elle s'est prise à pleurer amèrement ; et tout d'un coup son visage a pâli, ses yeux se sont tournés, le cœur lui a manqué, et elle est demeurée entre mes bras.

SGANARELLE. Ah, ma fille, elle est morte ?

LISETTE. Non, Monsieur : à force de la tourmenter, je l'ai fait revenir ; mais cela lui reprend de moment en moment, et je crois qu'elle ne passera pas la journée.

SGANARELLE. Champagne, Champagne, Champagne, vite, qu'on m'aille quérir des médecins, et en quantité : on n'en peut trop avoir dans une pareille aventure. Ah, ma fille ! ma pauvre fille !

---

1. **Courroux :** colère, fureur.

Clefs d'analyse

L'Amour médecin (Acte I)

Action et personnages

1. Quels sont les deux malheurs dont souffre Sganarelle au début de la scène 1 ? Suit-il les conseils qu'il demande à ses proches ? Quelle raison invoque-t-il ? Quel trait de caractère de Sganarelle est ainsi révélé dès le début de la pièce ?
2. La scène 2 est-elle un véritable dialogue ? Justifiez votre réponse. Comment la mélancolie de Lucinde se traduit-elle ? Quelle en est la cause ?
3. Scène 3, qu'y a-t-il de drôle dans la réponse de Sganarelle à la première question de Lisette ? Citez la première intervention parlée de Lucinde dans la pièce. Comment son père réagit-il ? Relevez la didascalie qui confirme l'attitude de Sganarelle. Qu'en déduisez-vous sur la véritable raison du silence de Lucinde ?
4. Scène 4, la première réplique de Lucinde est-elle à prendre au pied de la lettre ? Justifiez votre réponse. Qu'avoue Lucinde à Lisette dans cette même scène ?
5. À la fin de la scène 4, quelle information importante promet de faire évoluer l'action ?
6. Relevez la didascalie qui se rapporte à Lisette dans la scène 6. À quelle didascalie d'une scène précédente fait-elle écho ? Expliquez en quoi consiste la deuxième ruse de Lisette dans cette scène.
7. Sur quelle demande de Sganarelle l'acte I se conclut-il ? Pensez-vous que cela suffira à guérir le mal dont souffre Lucinde ? Appuyez-vous sur le titre de la pièce pour répondre.

Langue

8. Scène 1, précisez le mode du verbe « achèterais » dans la réplique de M. Josse. Justifiez son emploi et relevez d'autres verbes conjugués au même mode dans les répliques de M. Guillaume et d'Aminte.
9. Quels types de phrases Sganarelle emploie-t-il dans la scène 2 ? Donnez un exemple de chacun d'eux et justifiez-en l'emploi.

10. Relevez les mots qui appartiennent au champ lexical de la parole dans la troisième réplique de Lucinde, scène 4. Quels sont les sujets grammaticaux du verbe « parler » ? Qu'apprend-on sur les relations de Lucinde avec l'homme qu'elle aime ?

Genre ou thèmes

11. Dans le Prologue, précisez, en citant le texte, dans quel but la Comédie souhaite s'unir à la Musique et au Ballet.
12. Scène 1, relevez les deux premiers mots de chacune des répliques des quatre donneurs de conseil. Que remarquez-vous ?
13. Analysez l'évolution de la taille des répliques de Lucinde et de Lisette dans la scène 3.
14. Relevez les répétitions dans les répliques de Sganarelle, scène 6.
15. Quelle conclusion pouvez-vous tirer des réponses aux trois questions précédentes ?

Écriture

16. À la manière de la tirade de Sganarelle dans la scène 2, inventez un monologue adressé à un enfant qui boude et qui refuse de répondre.

Pour aller plus loin

17. Scène 5, expliquez la « coutume » que déplore Sganarelle. De quel adjectif la qualifie-t-il ? Que vous inspire sa réflexion ?

✻ À retenir

L'exposition présente un père de mauvaise foi : il s'inquiète de la mélancolie de sa fille mais reste obstinément sourd à son désir de se marier. La suivante de la jeune femme lui fait alors croire que sa maîtresse est malade. Peu d'action dans ce premier acte, mais sa vivacité tient à la musicalité des échanges verbaux, vifs et rythmés. Le ton de la comédie-ballet est donné.

PREMIER ENTR'ACTE

Champagne, en dansant, frappe aux portes de quatre médecins, qui dansent, et entrent avec cérémonie chez le père de la malade.

ACTE II

Scène 1 SGANARELLE, LISETTE

LISETTE. Que voulez-vous donc faire, Monsieur, de quatre médecins ? N'est-ce pas assez d'un pour tuer une personne ?

SGANARELLE. Taisez-vous. Quatre conseils valent mieux qu'un.

LISETTE. Est-ce que votre fille ne peut pas bien mourir sans le secours de ces messieurs-là ?

SGANARELLE. Est-ce que les médecins font mourir ?

LISETTE. Sans doute ; et j'ai connu un homme qui prouvait, par bonnes raisons, qu'il ne faut jamais dire : « Une telle personne est morte d'une fièvre et d'une fluxion sur la poitrine »[1], mais : « Elle est morte de quatre médecins et de deux apothicaires[2]. »

SGANARELLE. Chut. N'offensez pas ces messieurs-là.

LISETTE. Ma foi ! Monsieur, notre chat est réchappé depuis peu d'un saut qu'il fit du haut de la maison dans la rue ; et il fut trois jours sans manger, et sans pouvoir remuer ni pied ni patte ; mais il est bien heureux de ce qu'il n'y a point de chats médecins, car ses affaires étaient faites, et ils n'auraient pas manqué de le purger[3] et de le saigner[4].

SGANARELLE. Voulez-vous vous taire ? vous dis-je. Mais voyez quelle impertinence ! Les voici.

LISETTE. Prenez garde, vous allez être bien édifié[5] : ils vous diront en latin que votre fille est malade.

---

1. **Fluxion de poitrine :** pneumonie.
2. **Apothicaire :** pharmacien.
3. **Purger :** débarrasser le corps des impuretés.
4. **Saigner :** ouvrir une veine pour tirer du sang d'une personne malade. La purgation et la saignée étaient les deux principaux traitements médicaux à l'époque de Molière.
5. **Vous allez être bien édifié :** vous allez être bien avancé (le sens est ironique).

Scène 2 Messieurs Tomès, des Fonandrès, Macroton et Bahys (médecins), Sganarelle, Lisette

Sganarelle. Hé bien ! Messieurs.

M. Tomès. Nous avons vu suffisamment la malade, et sans doute qu'il y a beaucoup d'impuretés en elle.

Sganarelle. Ma fille est impure ?

M. Tomès. Je veux dire qu'il y a beaucoup d'impuretés dans son corps, quantité d'humeurs corrompues[1].

Sganarelle. Ah ! je vous entends.

M. Tomès. Mais… Nous allons consulter ensemble.

Sganarelle. Allons, faites donner des sièges.

Lisette. Ah ! Monsieur, vous en êtes ?

Sganarelle. De quoi donc connaissez-vous Monsieur ?

Lisette. De l'avoir vu l'autre jour chez la bonne amie de Madame votre nièce.

M. Tomès. Comment se porte son cocher ?

Lisette. Fort bien : il est mort.

M. Tomès. Mort !

Lisette. Oui.

M. Tomès. Cela ne se peut.

Lisette. Je ne sais si cela se peut ; mais je sais bien que cela est.

M. Tomès. Il ne peut pas être mort, vous dis-je.

Lisette. Et moi je vous dis qu'il est mort et enterré.

M. Tomès. Vous vous trompez.

1. **Humeurs corrompues :** la médecine au XVIIe siècle reposait sur l'étude des humeurs, c'est-à-dire des liquides organiques du corps humain (bile, atrabile, flegme, sang). Les humeurs corrompues sont altérées, elles ne sont donc pas saines.

Lisette. Je l'ai vu.

M. Tomès. Cela est impossible. Hippocrate[1] dit que ces sortes de maladies ne se terminent qu'au quatorze, ou au vingt-un[2] ; et il n'y a que six jours qu'il est tombé malade.

Lisette. Hippocrate dira ce qu'il lui plaira, mais le cocher est mort.

Sganarelle. Paix ! discoureuse[3] ; allons, sortons d'ici. Messieurs, je vous supplie de consulter de la bonne manière. Quoique ce ne soit pas la coutume de payer auparavant, toutefois, de peur que je l'oublie, et afin que ce soit une affaire faite, voici…
Il les paye, et chacun, en recevant l'argent, fait un geste différent.

Scène 3 Messieurs des Fonandrès, Tomès, Macroton et Bahys

Ils s'asseyent et toussent.

M. des Fonandrès. Paris est étrangement grand, et il faut faire de longs trajets quand la pratique donne un peu.

M. Tomès. Il faut avouer que j'ai une mule admirable pour cela, et qu'on a peine à croire le chemin que je lui fais faire tous les jours.

M. des Fonandrès. J'ai un cheval merveilleux, et c'est un animal infatigable.

M. Tomès. Savez-vous le chemin que ma mule a fait aujourd'hui ? J'ai été premièrement tout contre l'Arsenal ; de l'Arsenal, au bout du faubourg Saint-Germain ; du faubourg Saint-Germain, au fond du Marais ; du fond du Marais, à la porte Saint-Honoré ; de la porte

1. **Hippocrate :** célèbre médecin grec de l'Antiquité.
2. **Au quatorze, ou au vingt-un :** au quatorzième ou au vingt et unième jour.
3. **Discoureuse :** bavarde, qui aime se lancer dans des discours.

Saint-Honoré, au faubourg Saint-Jacques ; du faubourg Saint-Jacques, à la porte de Richelieu ; de la porte de Richelieu, ici ; et d'ici, je dois aller encore à la place Royale[1].

M. DES FONANDRÈS. Mon cheval a fait tout cela aujourd'hui ; et de plus, j'ai été à Ruel[2] voir un malade.

M. TOMÈS. Mais à propos, quel parti prenez-vous dans la querelle des deux médecins Théophraste et Artémius[3] ? car c'est une affaire qui partage tout notre corps[4].

M. DES FONANDRÈS. Moi, je suis pour Artémius.

M. TOMÈS. Et moi aussi. Ce n'est pas que son avis, comme on a vu, n'ait tué le malade, et que celui de Théophraste ne fût beaucoup meilleur assurément ; mais enfin il a tort dans les circonstances, et il ne devait pas être d'un autre avis que son ancien. Qu'en dites-vous ?

M. DES FONANDRÈS. Sans doute. Il faut toujours garder les formalités, quoi qu'il puisse arriver.

M. TOMÈS. Pour moi, j'y suis sévère en diable, à moins que ce soit entre amis[5] ; et l'on nous assembla un jour, trois de nous autres, avec un médecin de dehors, pour une consultation, où j'arrêtai toute l'affaire, et ne voulus point endurer[6] qu'on opinât[7], si les choses n'allaient dans l'ordre. Les gens de la maison faisaient ce qu'ils pouvaient et la maladie pressait ; mais je n'en voulus point démordre, et la malade mourut bravement pendant cette contestation.

---

1. **L'Arsenal [...] le faubourg Saint-Germain [...] le Marais [...] la porte Saint-Honoré [...] le faubourg Saint-Jacques [...] la porte de Richelieu [...] la place Royale :** quartiers de Paris. La place Royale est l'actuelle place des Vosges.
2. **Ruel :** ou Rueil ; ville située à l'ouest de Paris (aujourd'hui Rueil-Malmaison).
3. **La querelle des deux médecins Théophraste et Artémius :** ces deux médecins établirent un diagnostic différent à propos du même malade.
4. **Corps :** profession.
5. **J'y suis sévère en diable :** je respecte scrupuleusement les formalités.
6. **Endurer :** tolérer.
7. **Opinât :** du verbe « opiner », donner son opinion.

M. des Fonandrès. C'est fort bien fait d'apprendre aux gens à vivre, et de leur montrer leur bec jaune[1].

M. Tomès. Un homme mort n'est qu'un homme mort, et ne fait point de conséquence ; mais une formalité négligée porte un notable préjudice à tout le corps des médecins[2].

Scène 4 Sganarelle, Messieurs Tomès, des Fonandrès, Macroton et Bahys

Sganarelle. Messieurs, l'oppression[3] de ma fille augmente ; je vous prie de me dire vite ce que vous avez résolu.

M. Tomès. Allons, Monsieur.

M. des Fonandrès. Non, Monsieur, parlez, s'il vous plaît.

M. Tomès. Vous vous moquez.

M. des Fonandrès. Je ne parlerai pas le premier.

M. Tomès. Monsieur.

M. des Fonandrès. Monsieur.

Sganarelle. Hé ! de grâce, Messieurs, laissez toutes ces cérémonies, et songez que les choses pressent.

M. Tomès. *(Ils parlent tous quatre ensemble.)* La maladie de votre fille…

---

1. **Montrer leur bec jaune :** leur prouver leur ignorance, leur inexpérience. Un bec jaune est un jeune faucon, inexpérimenté par nature.
2. **Un notable préjudice à tout le corps des médecins :** une grave atteinte aux intérêts de la profession médicale.
3. **Oppression :** gêne respiratoire.

M. des Fonandrès. L'avis de tous ces messieurs tous ensemble…

M. Macroton. Après avoir bien consulté…

M. Bahys. Pour raisonner…

Sganarelle. Hé ! Messieurs, parlez l'un après l'autre, de grâce.

M. Tomès. Monsieur, nous avons raisonné sur la maladie de votre fille, et mon avis, à moi, est que cela procède d'une grande chaleur de sang : ainsi je conclus à la saigner le plus tôt que vous pourrez.

M. des Fonandrès. Et moi, je dis que sa maladie est une pourriture d'humeurs, causée par une trop grande réplétion[1] : ainsi je conclus à lui donner de l'émétique[2].

M. Tomès. Je soutiens que l'émétique la tuera.

M. des Fonandrès. Et moi, que la saignée la fera mourir.

M. Tomès. C'est bien à vous de faire l'habile homme.

M. des Fonandrès. Oui, c'est à moi ; et je vous prêterai le collet[3] en tout genre d'érudition[4].

M. Tomès. Souvenez-vous de l'homme que vous fîtes crever ces jours passés.

M. des Fonandrès. Souvenez-vous de la dame que vous avez envoyée en l'autre monde, il y a trois jours.

M. Tomès. Je vous ai dit mon avis.

M. des Fonandrès. Je vous ai dit ma pensée.

M. Tomès. Si vous ne faites saigner tout à l'heure[5] votre fille, c'est une personne morte.
Il sort.

M. des Fonandrès. Si vous la faites saigner, elle ne sera pas en vie dans un quart d'heure.
Il sort.

---

1. **Réplétion :** état de l'organisme quand il est surchargé d'aliments.
2. **Émétique :** préparation médicale qui provoque le vomissement.
3. **Je vous prêterai le collet :** prêter le collet signifie « être prêt à se battre, à se colleter » (s'attraper par le col).
4. **En tout genre d'érudition :** dans quelque domaine du savoir que ce soit.
5. **Tout à l'heure :** tout de suite.

Scène 5 SGANARELLE, MESSIEURS MACROTON ET BAHYS (MÉDECINS)

SGANARELLE. À qui croire des deux ? et quelle résolution prendre, sur des avis si opposés ? Messieurs, je vous conjure de déterminer mon esprit, et de me dire, sans passion, ce que vous croyez le plus propre à soulager ma fille.

M. MACROTON. *(Il parle en allongeant ses mots.)* Mon-si-eur. dans. ces. ma-ti-è-res. là. il. faut. pro-cé-der. a-vec-que. cir-con-spec-ti-on.[1] et. ne. ri-en. fai-re. com-me. on. dit. à. la. vo-lée. d'au-tant. que. les. fau-tes. qu'on. y. peut. fai-re. sont. se-lon. no-tre. maî-tre. Hip-po-cra-te. d'u-ne. dan-ge-reu-se. con-sé-quen-ce.

M. BAHYS. *(Celui-ci parle toujours en bredouillant.)* Il est vrai, il faut bien prendre garde à ce qu'on fait ; car ce ne sont pas ici des jeux d'enfant, et quand on a failli, il n'est pas aisé de réparer le manquement et de rétablir ce qu'on a gâté[2] : *experimentum periculosum*[3]. C'est pourquoi il s'agit de raisonner auparavant comme il faut, de peser mûrement les choses, de regarder le tempérament des gens, d'examiner les causes de la maladie, et de voir les remèdes qu'on y doit apporter.

SGANARELLE. L'un va en tortue, et l'autre court la poste.

M. MACROTON. Or. Mon-si-eur. pour. ve-nir. au. fait. je. trou-ve. que. vo-tre. fil-le. a. u-ne. ma-la-die. chro-ni-que[4]. et. qu'el-le. peut. pé-ri-cli-ter[5]. si. on. ne. lui. don-ne. du. se-cours. d'au-tant. que. les. sym-ptô-mes. qu'el-le. a. sont. in-di-ca-tifs. d'u-ne. va-peur. fu-li-gi-neu-se[6]. et. mor-di-can-te[7]. qui. lui. pi-co-te. les. mem-bra-nes.

---

1. **Avecque circonspection :** avec prudence et réflexion.
2. **Et quand on a failli, il n'est pas aisé de réparer le manquement, et de rétablir ce qu'on a gâté :** une fois qu'on s'est trompé, il est difficile de revenir en arrière.
3. ***Experimentum periculosum :*** l'expérience est périlleuse, citation d'Hippocrate.
4. **Une maladie chronique :** une maladie qui dure longtemps.
5. **Péricliter :** être en danger.
6. **Fuligineuse :** qui s'apparente à la suie.
7. **Mordicante :** qui picote.

du. cer-veau. Or. cet-te. va-peur. que. nous. nom-mons. en. grec. *at-mos.* est. cau-sé-e. par. des. hu-meurs. pu-tri-des[1]. te-na-ces. et. con-glu-ti-neu-ses[2]. qui. sont. con-te-nues. dans. le. bas. ven-tre.

M. Bahys. Et comme ces humeurs ont été là engendrées par une longue succession de temps, elles s'y sont recuites et ont acquis cette malignité[3] qui fume vers la région du cerveau.

M. Macroton. Si. Bi-en. donc. que. pour. ti-rer. dé-ta-cher. ar-ra-cher. ex-pul-ser. é-va-cu-er. les-di-tes. hu-meurs. il. fau-dra. u-ne. pur-ga-ti-on. vi-gou-reu-se. Mais. au. pré-a-la-ble. je. trou-ve. à. pro-pos. et. il. n'y. a. pas. d'in-con-vé-ni-ent. d'u-ser. de. pe-tits. re-mè-des. a-no-dins. c'est-à-di-re. de. pe-tits. la-ve-ments. ré-mol-li-ents[4]. et. dé-ter-sifs[5]. de. ju-leps[6]. et. de. si-rops. ra-fraî-chis-sants. qu'on. mê-le-ra. dans. sa. ti-san-ne.

M. Bahys. Après, nous en viendrons à la purgation, et à la saignée, que nous réitérerons[7], s'il en est besoin.

M. Macroton. Ce. n'est. pas. qu'a-vec. tout. ce-la. vo-tre. fil-le. ne. puis-se. mou-rir. mais. au. moins. vous. au-rez. fait. quel-que. cho-se. et. vous. au-rez. la. con-so-la-tion. qu'el-le. se-ra. mor-te. dans. les. for-mes.

M. Bahys. Il vaut mieux mourir selon les règles, que de réchapper contre les règles.

M. Macroton. Nous. vous. di-sons. sin-cè-re-ment. no-tre pen-sée.

M. Bahys. Et nous vous avons parlé comme nous parlerions à notre propre frère.

Sganarelle, *à M. Macroton.* Je. vous. rends. très. hum-bles. grâ-ces. *(À M. Bahys.)* Et vous suis infiniment obligé de la peine que vous avez prise.

---

1. **Putrides :** qui pourrissent.
2. **Conglutineuses :** gluantes et visqueuses.
3. **Malignité :** propriété malfaisante.
4. **Rémollients :** qui amollissent.
5. **Détersifs** : qui purifient.
6. **Juleps :** potions aromatisées.
7. **Réitérerons :** recommencerons, renouvellerons.

Scène 6

SGANARELLE. Me voilà justement un peu plus incertain que je n'étais auparavant. Morbleu ! il me vient une fantaisie. Il faut que j'aille acheter de l'orviétan[1], et que je lui en fasse prendre ; l'orviétan est un remède dont beaucoup de gens se sont bien trouvés.

Scène 7 L'OPÉRATEUR[2], SGANARELLE

SGANARELLE. Holà ! Monsieur, je vous prie de me donner une boîte de votre orviétan, que je m'en vais vous payer.

L'OPÉRATEUR, *chantant.*
L'or de tous les climats qu'entoure l'Océan
Peut-il jamais payer ce secret d'importance ?
Mon remède guérit, par sa rare excellence,
Plus de maux qu'on n'en peut nombrer dans tout un an :
La gale,
La rogne,
La tigne[3]*,*
La fièvre,
La peste,
La goutte[4]*,*

---

1. **Orviétan :** remède prétendument miracle inventé par un charlatan de la ville italienne d'Orvieto et très en vogue au XVIIe siècle.
2. **Opérateur :** charlatan qui vend des remèdes-miracles.
3. ***La gale, la rogne, la tigne :*** maladies de peau.
4. ***La goutte :*** maladie inflammatoire.

Vérole[1],
Descente[2],
Rougeole.
Ô grande puissance de l'orviétan !

SGANARELLE. Monsieur, je crois que tout l'or du monde n'est pas capable de payer votre remède ; mais pourtant voici une pièce de trente sols[3] que vous prendrez, s'il vous plaît.

L'OPÉRATEUR, *chantant.*
Admirez mes bontés, et le peu qu'on vous vend
Ce trésor merveilleux que ma main vous dispense.
Vous pouvez avec lui braver en assurance
Tous les maux que sur nous l'ire[4] *du Ciel répand :*
La gale,
La rogne,
La tigne,
La fièvre,
La peste,
La goutte,
Vérole,
Descente,
Rougeole.
Ô grande puissance de l'orviétan !

---

1. ***Vérole :*** ce mot peut désigner soit la variole (ou petite vérole), qui est une maladie virale provoquant une éruption de pustules ; soit la syphilis (ou grande vérole), qui est une maladie sexuellement transmissible.
2. ***Descente :*** hernie (sortie d'organe hors de sa cavité).
3. **Trente sols :** le sol est une unité de monnaie de l'époque. Trente sols correspondent à un peu plus de 2 euros.
4. ***Ire :*** colère.

Clefs d'analyse L'Amour médecin (Acte II)

Action et personnages

1. En vous appuyant sur la première et la dernière réplique de Lisette dans la scène 1, précisez l'opinion qu'elle se fait des médecins. Sganarelle partage-t-il son point de vue ?
2. À quelle scène de l'acte 1 fait penser la remarque de Sganarelle « quatre conseils valent mieux qu'un » ? Que peut-on en déduire sur l'issue probable des conseils que vont donner les médecins à Sganarelle ?
3. Que cherche à prouver Lisette dans la scène 2 ?
4. Expliquez sur quel effet comique repose la scène 3.
5. Découpez la scène 4 en trois parties et résumez chacune d'elles.
6. Sur quelle forme de comique la scène 5 repose-t-elle ? Justifiez votre réponse en vous appuyant sur les didascalies. Reformulez la phrase que prononce Sganarelle dans la scène 5 : « L'un va en tortue, et l'autre court la poste. »
7. Scène 6, Sganarelle est-il plus avancé sur l'état de sa fille ? Qu'est-ce qui le pousse à aller chercher de l'orviétan ?
8. Quel personnage important est absent de l'acte 2 ? Comment comprenez-vous son absence ?

Langue

9. Scène 2, expliquez la formation du mot « impure » et cherchez deux autres mots contenant le même préfixe. Quel peut être le double sens de ce mot dans la phrase de Sganarelle : « Ma fille est impure ? » ?
10. Relevez les verbes aux temps du passé de l'indicatif dans l'avant-dernière réplique de M. Tomès, scène 3 ; précisez leur temps et justifiez leur emploi.
11. Scène 5, relevez le vocabulaire médical utilisé par M. Macroton et M. Bahys.
12. Relevez les connecteurs logiques dans la scène 5. Au terme de leur raisonnement, à quelle conclusion arrivent les deux médecins ? Que vous inspire leur démonstration ?

Genre ou thèmes

13. Dans la scène 7, comptez le nombre de syllabes de chacun des mots de l'énumération des maux chantés par l'opérateur et proposez-en une analyse.

Écriture

14. Imaginez la didascalie décrivant les gestes que font chacun des médecins en recevant l'argent de Sganarelle à la fin de la scène 2.

15. Cherchez une dizaine de mots médicaux rares et rédigez un diagnostic fantaisiste à la manière de M. Macroton et de M. Bahys. Aidez-vous des connecteurs logiques relevés dans la question 12.

Pour aller plus loin

16. Lisez la scène 4 de l'acte II du *Médecin malgré lui* et relevez les points communs avec *L'Amour médecin*.

17. Recherchez des images du Pont-Neuf au XVIIe siècle montrant l'activité humaine qui s'y déployait. Choisissez l'une de ces images et faites-en la description à la classe sous forme d'exposé.

✻ *À retenir*

Dans ce deuxième acte, Molière se livre à une satire d'autant plus mordante de la médecine que la « malade » concernée est totalement absente. Les quatre médecins, incapables et pédants, ne sont donc d'aucun secours pour Lucinde. Mais la satire s'inscrit dans l'esthétique de la comédie-ballet : c'est à de véritables ballets de mots que se livre le quatuor de docteurs de comédie.

DEUXIÈME ENTR'ACTE

Plusieurs Trivelins[1] *et Scaramouches*[2], *valets de l'opérateur, se réjouissent en dansant.*

1. ***Trivelins :*** un Trivelin est un personnage de valet astucieux de la comédie italienne.
2. ***Scaramouches :*** un Scaramouche est un personnage créé par Tiberio Fiorelli, acteur italien qui partagea avec Molière le théâtre du Petit-Bourbon puis le théâtre du Palais-Royal.

ACTE III

Scène 1 MESSIEURS FILERIN, TOMÈS ET DES FONANDRÈS

M. FILERIN. N'avez-vous point de honte, Messieurs, de montrer si peu de prudence, pour des gens de votre âge, et de vous être querellés comme de jeunes étourdis ? Ne voyez-vous pas bien quel tort ces sortes de querelles nous font parmi le monde ? et n'est-ce pas assez que les savants voient les contrariétés[1] et les dissensions[2] qui sont entre nos auteurs et nos anciens maîtres, sans découvrir encore au peuple, par nos débats et nos querelles, la forfanterie[3] de notre art ? Pour moi, je ne comprends rien du tout à cette méchante politique de quelques-uns de nos gens ; et il faut confesser que toutes ces contestations nous ont décriés[4], depuis peu, d'une étrange manière, et que, si nous n'y prenons garde, nous allons nous ruiner nous-mêmes. Je n'en parle pas pour mon intérêt ; car, Dieu merci, j'ai déjà établi mes petites affaires. Qu'il vente, qu'il pleuve, qu'il grêle, ceux qui sont morts sont morts, et j'ai de quoi me passer des vivants ; mais enfin toutes ces disputes ne valent rien pour la médecine. Puisque le Ciel nous fait la grâce que, depuis tant de siècles, on demeure infatué de nous[5], ne désabusons point[6] les hommes avec nos cabales[7] extravagantes, et profitons de leur sottise le plus doucement que nous pourrons. Nous ne sommes pas les seuls, comme vous savez, qui tâchons à nous prévaloir de[8] la faiblesse humaine. C'est là que va l'étude de la plupart du monde, et chacun s'efforce de prendre les hommes par

1. **Contrariétés :** oppositions, contradictions.
2. **Dissensions :** violents désaccords.
3. **Forfanterie :** vantardise, charlatanisme.
4. **Décriés :** du verbe « décrier », qui signifie dénigrer, discréditer.
5. **On demeure infatué de nous :** on continue de s'exagérer notre mérite.
6. **Ne désabusons point :** ne détrompons pas.
7. **Cabales :** intrigues, manœuvres douteuses.
8. **Nous prévaloir de :** tirer avantage de.

leur faible[1], pour en tirer quelque profit. Les flatteurs, par exemple, cherchent à profiter de l'amour que les hommes ont pour les louanges, en leur donnant tout le vain encens[2] qu'ils souhaitent ; et c'est un art où l'on fait, comme on voit, des fortunes considérables. Les alchimistes[3] tâchent à profiter de la passion qu'on a pour les richesses, en promettant des montagnes d'or à ceux qui les écoutent ; et les diseurs d'horoscopes, par leurs prédictions trompeuses, profitent de la vanité et de l'ambition des crédules esprits. Mais le plus grand faible des hommes, c'est l'amour qu'ils ont pour la vie ; et nous en profitons, nous autres, par notre pompeux galimatias[4], et savons prendre nos avantages de cette vénération que la peur de mourir leur donne pour notre métier. Conservons-nous donc dans le degré d'estime où leur faiblesse nous a mis, et soyons de concert[5] auprès des malades pour nous attribuer les heureux succès[6] de la maladie, et rejeter sur la nature toutes les bévues[7] de notre art. N'allons point, dis-je, détruire sottement les heureuses préventions d'une erreur qui donne du pain à tant de personnes et, de l'argent de ceux que nous mettons en terre, nous fait élever de tous côtés de si beaux héritages.

M. Tomès. Vous avez raison en tout ce que vous dites ; mais ce sont chaleurs de sang, dont parfois on n'est pas le maître.

M. Filerin. Allons donc, Messieurs, mettez bas toute rancune, et faisons ici votre accommodement[8].

M. des Fonandrès. J'y consens. Qu'il me passe mon émétique[9] pour la malade dont il s'agit, et je lui passerai tout ce qu'il voudra pour le premier malade dont il sera question.

---

1. **Leur faible :** leur faiblesse.
2. **Encens :** ici, synonyme de flatterie.
3. **Alchimistes :** savants qui cherchent notamment à transformer des métaux vils en or.
4. **Notre pompeux galimatias :** nos discours embrouillés mais imposants.
5. **De concert :** ensemble, en accord.
6. **Heureux succès :** issues favorables.
7. **Bévues :** erreurs.
8. **Mettez bas toute rancune, et faisons ici votre accommodement :** cessez de vous en vouloir et réconciliez-vous.
9. **Émétique :** préparation médicale qui provoque le vomissement.

M. FILERIN. On ne peut pas mieux dire, et voilà se mettre à la raison.

M. DES FONANDRÈS. Cela est fait.

M. FILERIN. Touchez donc là. Adieu ! Une autre fois, montrez plus de prudence.

Scène 2 MESSIEURS TOMÈS, DES FONANDRÈS, LISETTE

LISETTE. Quoi ? Messieurs, vous voilà, et vous ne songez pas à réparer le tort qu'on vient de faire à la médecine ?

M. TOMÈS. Comment ? Qu'est-ce ?

LISETTE. Un insolent qui a eu l'effronterie d'entreprendre sur votre métier, et qui, sans votre ordonnance, vient de tuer un homme d'un grand coup d'épée au travers du corps.

M. TOMÈS. Écoutez, vous faites la railleuse[1], mais vous passerez par nos mains quelque jour.

LISETTE. Je vous permets de me tuer, lorsque j'aurai recours à vous.

1. **Vous faites la railleuse :** vous vous moquez.

Scène 3 LISETTE, CLITANDRE

CLITANDRE. Hé bien, Lisette, que dis-tu de mon équipage ? crois-tu qu'avec cet habit je puisse duper[1] le bon homme ? me trouves-tu bien ainsi ?

LISETTE. Le mieux du monde ; et je vous attendais avec impatience. Enfin le Ciel m'a faite d'un nature[1] le plus humain du monde, et je ne puis voir deux amants soupirer l'un pour l'autre, qu'il ne me prenne une tendresse charitable, et un désir ardent de soulager les maux qu'ils souffrent. Je veux, à quelque prix que ce soit, tirer Lucinde de la tyrannie où elle est, et la mettre en votre pouvoir. Vous m'avez plu d'abord ; je me connais en gens, et elle ne peut pas mieux choisir. L'amour risque des choses extraordinaires ; et nous avons concerté ensemble une manière de stratagème, qui pourra peut-être nous réussir. Toutes nos mesures sont déjà prises : l'homme à qui nous avons affaire n'est pas des plus fins de ce monde ; et si cette aventure nous manque[2], nous trouverons mille autres voies pour arriver à notre but. Attendez-moi là seulement, je reviens vous quérir.

Scène 4 SGANARELLE, LISETTE

LISETTE. Monsieur, allégresse[3] ! allégresse !

SGANARELLE. Qu'est-ce ?

LISETTE. Réjouissez-vous.

---

1. **Duper :** tromper.
2. **Si cette aventure nous manque :** si la ruse ne nous réussit pas.
3. **Allégresse :** joie très vive.

SGANARELLE. De quoi ?

LISETTE. Réjouissez-vous, vous dis-je.

SGANARELLE. Dis-moi donc ce que c'est, et puis je me réjouirai peut-être.

LISETTE. Non : je veux que vous vous réjouissiez auparavant, que vous chantiez, que vous dansiez.

SGANARELLE. Sur quoi ?

LISETTE. Sur ma parole.

SGANARELLE. Allons donc, la lera la la, la lera la. Que diable !

LISETTE. Monsieur, votre fille est guérie.

SGANARELLE. Ma fille est guérie !

LISETTE. Oui, je vous amène un médecin, mais un médecin d'importance, qui fait des cures merveilleuses, et qui se moque des autres médecins…

SGANARELLE. Où est-il ?

LISETTE. Je vais le faire entrer.

SGANARELLE. Il faut voir si celui-ci fera plus que les autres.

Scène 5 CLITANDRE, *en habit de médecin,* LISETTE, SGANARELLE

LISETTE. Le voici.

SGANARELLE. Voilà un médecin qui a la barbe bien jeune.

LISETTE. La science ne se mesure pas à la barbe, et ce n'est pas par le menton qu'il est habile.

SGANARELLE. Monsieur, on m'a dit que vous aviez des remèdes admirables pour faire aller à la selle[1].

---

1. **Aller à la selle :** soulager les intestins.

CLITANDRE. Monsieur, mes remèdes sont différents de ceux des autres : ils ont l'émétique, les saignées, les médecines et les lavements ; mais moi, je guéris par des paroles, par des sons, par des lettres, par des talismans[1], et par des anneaux constellés[2].

LISETTE. Que vous ai-je dit ?

SGANARELLE. Voilà un grand homme.

LISETTE. Monsieur, comme votre fille est là toute habillée dans une chaise, je vais la faire passer ici.

SGANARELLE. Oui, fais.

CLITANDRE, *tâtant le pouls à Sganarelle.* Votre fille est bien malade.

SGANARELLE. Vous connaissez cela ici ?

CLITANDRE. Oui, par la sympathie[3] qu'il y a entre le père et la fille.

Scène 6 LUCINDE, LISETTE, SGANARELLE, CLITANDRE

LISETTE. Tenez, Monsieur, voilà une chaise auprès d'elle. Allons, laissez-les là tous deux.

SGANARELLE. Pourquoi ? Je veux demeurer là.

LISETTE. Vous moquez-vous ? Il faut s'éloigner : un médecin a cent choses à demander qu'il n'est pas honnête qu'un homme entende.

---

1. **Talismans :** objets auxquels on attribue des vertus magiques.
2. **Anneaux constellés :** anneaux portant la marque et les qualités d'une constellation.
3. **Sympathie :** complicité, compassion.

CLITANDRE, *parlant à Lucinde à part.* Ah ! Madame, que le ravissement où je me trouve est grand ! et que je sais peu par où vous commencer mon discours ! Tant que je ne vous ai parlé que des yeux, j'avais, ce me semblait, cent choses à vous dire ; et maintenant que j'ai la liberté de vous parler de la façon que je souhaitais, je demeure interdit[1] ; et la grande joie où je suis étouffe toutes mes paroles.

LUCINDE. Je puis vous dire la même chose, et je sens, comme vous, des mouvements de joie qui m'empêchent de pouvoir parler.

CLITANDRE. Ah ! Madame, que je serais heureux s'il était vrai que vous sentissiez tout ce que je sens, et qu'il me fût permis de juger de votre âme par la mienne ! Mais, Madame, puis-je au moins croire que ce soit à vous à qui je doive la pensée de cet heureux stratagème qui me fait jouir de votre présence ?

LUCINDE. Si vous ne m'en devez pas la pensée, vous m'êtes redevable au moins d'en avoir approuvé la proposition avec beaucoup de joie.

SGANARELLE, *à Lisette.* Il me semble qu'il lui parle de bien près.

LISETTE, *à Sganarelle.* C'est qu'il observe sa physionomie et tous les traits de son visage.

CLITANDRE, *à Lucinde.* Serez-vous constante, Madame, dans ces bontés que vous me témoignez ?

LUCINDE. Mais vous, serez-vous ferme dans les résolutions que vous avez montrées ?

CLITANDRE. Ah ! Madame, jusqu'à la mort. Je n'ai point de plus forte envie que d'être à vous, et je vais le faire paraître dans ce que vous m'allez voir faire.

SGANARELLE. Hé bien ! notre malade, elle me semble un peu plus gaie.

CLITANDRE. C'est que j'ai déjà fait agir sur elle un de ces remèdes que mon art m'enseigne. Comme l'esprit a grand empire sur le corps[2], et que c'est de lui bien souvent que procèdent les mala-

---

1. **Interdit :** ahuri, déconfit, stupéfait.
2. **L'esprit a empire sur le corps :** l'esprit a une grande influence sur le corps.

dies, ma coutume est de courir à guérir les esprits, avant que de venir au corps. J'ai donc observé ses regards, les traits de son visage, et les lignes de ses deux mains ; et par la science que le Ciel m'a donnée, j'ai reconnu que c'était de l'esprit qu'elle était malade, et que tout son mal ne venait que d'une imagination déréglée, d'un désir dépravé[1] de vouloir être mariée. Pour moi, je ne vois rien de plus extravagant et de plus ridicule que cette envie qu'on a du mariage.

SGANARELLE. Voilà un habile homme !

CLITANDRE. Et j'ai eu, et aurai pour lui, toute ma vie, une aversion[2] effroyable.

SGANARELLE. Voilà un grand médecin !

CLITANDRE. Mais, comme il faut flatter l'imagination des malades, et que j'ai vu en elle de l'aliénation d'esprit[3], et même qu'il y avait du péril à ne lui pas donner un prompt secours, je l'ai prise par son faible, et lui ai dit que j'étais venu ici pour vous la demander en mariage. Soudain son visage a changé, son teint s'est éclairci, ses yeux se sont animés ; et si vous voulez, pour quelques jours, l'entretenir dans cette erreur, vous verrez que nous la tirerons d'où elle est.

SGANARELLE. Oui-da, je le veux bien.

CLITANDRE. Après nous ferons agir d'autres remèdes pour la guérir entièrement de cette fantaisie.

SGANARELLE. Oui, cela est le mieux du monde. Hé bien ! ma fille, voilà Monsieur qui a envie de t'épouser, et je lui ai dit que je le voulais bien.

LUCINDE. Hélas ! est-il possible ?

SGANARELLE. Oui.

LUCINDE. Mais tout de bon ?

SGANARELLE. Oui, oui.

LUCINDE. Quoi ? vous êtes dans les sentiments d'être mon mari ?

---

1. **Dépravé :** corrompu moralement.
2. **Aversion :** profond dégoût.
3. **Aliénation d'esprit :** démence, folie.

CLITANDRE. Oui, Madame.

LUCINDE. Et mon père y consent ?

SGANARELLE. Oui, ma fille.

LUCINDE. Ah ! que je suis heureuse, si cela est véritable !

CLITANDRE. N'en doutez point, Madame. Ce n'est pas d'aujourd'hui que je vous aime, et que je brûle de me voir votre mari. Je ne suis venu ici que pour cela ; et si vous voulez que je vous dise nettement les choses comme elles sont, cet habit n'est qu'un pur prétexte inventé, et je n'ai fait le médecin que pour m'approcher de vous et obtenir ce que je souhaite.

LUCINDE. C'est me donner des marques d'un amour bien tendre, et j'y suis sensible autant que je puis.

SGANARELLE. Oh ! la folle ! Oh ! la folle ! Oh ! la folle !

LUCINDE. Vous voulez donc bien, mon père, me donner Monsieur pour époux ?

SGANARELLE. Oui. Çà, donne-moi ta main. Donnez-moi un peu aussi la vôtre, pour voir.

CLITANDRE. Mais, Monsieur…

SGANARELLE, *s'étouffant de rire.* Non, non : c'est pour… pour lui contenter l'esprit. Touchez là. Voilà qui est fait.

CLITANDRE. Acceptez, pour gage de ma foi, cet anneau que je vous donne. C'est un anneau constellé, qui guérit les égarements d'esprit.

LUCINDE. Faisons donc le contrat, afin que rien n'y manque.

CLITANDRE. Hélas ! Je le veux bien, Madame. *(À Sganarelle.)* Je vais faire monter l'homme qui écrit mes remèdes, et lui faire croire que c'est un notaire.

SGANARELLE. Fort bien.

CLITANDRE. Holà ! faites monter le notaire que j'ai amené avec moi.

LUCINDE. Quoi ? vous aviez amené un notaire ?

CLITANDRE. Oui, Madame.

LUCINDE. J'en suis ravie.

SGANARELLE. Oh ! la folle ! Oh ! la folle !

Scène 7 Le notaire, Clitandre, Sganarelle, Lucinde, Lisette

Clitandre parle au notaire à l'oreille.

Sganarelle. Oui, Monsieur, il faut faire un contrat pour ces deux personnes-là. Écrivez. *(Le notaire écrit.)* Voilà le contrat qu'on fait : je lui donne vingt mille écus en mariage. Écrivez.

Lucinde. Je vous suis bien obligée, mon père.

Le notaire. Voilà qui est fait : vous n'avez qu'à venir signer.

Sganarelle. Voilà un contrat bientôt bâti.

Clitandre. Mais au moins, Monsieur…

Sganarelle. Hé ! non, vous dis-je. Sait-on pas bien ? Allons, donnez-lui la plume pour signer. Allons, signe, signe, signe. Va, va, je signerai tantôt, moi.

Lucinde. Non, non : je veux avoir le contrat entre mes mains.

Sganarelle. Hé bien ! tiens. Es-tu contente ?

Lucinde. Plus qu'on ne peut s'imaginer.

Sganarelle. Voilà qui est bien, voilà qui est bien.

Clitandre. Au reste, je n'ai pas eu seulement la précaution d'amener un notaire. J'ai eu celle encore de faire venir des voix et des instruments et des danseurs pour célébrer la fête et pour nous réjouir. Qu'on les fasse venir. Ce sont des gens que je mène avec moi, et dont je me sers tous les jours pour pacifier[1] avec leur harmonie et leurs danses les troubles de l'esprit.

---

1. **Pacifier :** apaiser.

Scène dernière

LA COMÉDIE, LE BALLET ET LA MUSIQUE, CLITANDRE, SGANARELLE, LUCINDE, LISETTE

LA COMÉDIE, LE BALLET ET LA MUSIQUE, *tous trois ensemble.*
Sans nous tous les hommes
Deviendraient mal sains :
Et c'est nous qui sommes
Leurs grands médecins.

LA COMÉDIE.
Veut-on qu'on rabatte,
Par des moyens doux,
Les vapeurs de rate
Qui vous minent tous ?
Qu'on laisse Hippocrate,
Et qu'on vienne à nous.

TOUT TROIS *ensemble.*
Sans nous…

(Durant qu'ils chantent, et que les Jeux, les Ris[1] *et les Plaisirs dansent, Clitandre emmène Lucinde.)*

SGANARELLE. Voilà une plaisante façon de guérir. Où est donc ma fille et le médecin ?

LISETTE. Ils sont allés achever le reste du mariage.

SGANARELLE. Comment, le mariage ?

LISETTE. Ma foi ! Monsieur, la bécasse est bridée[2], et vous avez cru faire un jeu, qui demeure une vérité.

SGANARELLE. *Les danseurs le retiennent et veulent le faire danser de force.* Comment, diable ! Laissez-moi aller, laissez-moi aller, vous dis-je. Encore ? Peste des gens !

---

1. **Ris :** rires.
2. **La bécasse est bridée :** la fiancée est mariée.

Clefs d'analyse L'Amour médecin (Acte III)

Action et personnages

1. Dans la scène 1, résumez le reproche que Filerin formule à l'adresse des quatre médecins.
2. Relisez le passage qui va de « Nous ne sommes pas les seuls » jusqu'à « pour notre métier » et remplissez le tableau suivant :

Les profiteurs	Les faiblesses humaines dont ils profitent	La manière dont ils s'y prennent

3. Scène 3, quelles sont les deux raisons qu'invoque Lisette pour expliquer qu'elle vient en aide à sa maîtresse ? Qui désigne-t-elle par « l'homme à qui nous avons affaire » ?
4. Dans la scène 4, relevez trois moyens utilisés par Lisette pour préparer favorablement Sganarelle à la venue de Clitandre.
5. Scène 5, en quoi les remèdes de Clitandre diffèrent-ils de ceux des autres médecins ? Comment Sganarelle réagit-il ? Quel trait de caractère de Sganarelle cette scène révèle-t-elle ?
6. Dans la scène 6, qu'est-ce qui montre que Sganarelle est méfiant ? Donnez deux exemples. Est-ce la raison pour laquelle Clitandre peine à trouver ses mots face à Lisette ? Justifiez votre réponse.
7. « Voilà un habile homme ! », scène 6. Expliquez pourquoi Sganarelle porte ce jugement sur Clitandre. En quoi le spectateur peut-il interpréter autrement ce constat ? Qu'y a-t-il de drôle dans la remarque suivante de Sganarelle ?
8. Citez deux réactions de Sganarelle (l'une dans le dialogue et l'autre dans une didascalie) suite à la demande en mariage de Clitandre. En quoi ses réactions sont-elles comiques ?
9. À la fin de la scène 6, que se révèle être « l'anneau constellé » ?
10. Quel rôle le ballet final joue-t-il dans le stratagème ?

Langue

11. En vous appuyant sur le contexte, expliquez le sens du mot « équipage » au début de la scène 3.
12. Relevez différents procédés (construction, lexique, ponctuation) qui expriment l'émotion de Clitandre dans ses deux premières répliques de la scène 6.

Genre ou thèmes

13. Le ton de la tirade de Filerin dans la scène 1 est-il semblable à celui des deux premiers actes de la pièce ? Justifiez votre réponse.
14. Relevez deux passages chantés et dansés dans cet acte. Comment sont-ils intégrés à l'intrigue développée dans la comédie ?

Écriture

15. Rédigez un dialogue théâtral à trois personnages dans lequel un jeune homme se fait passer pour un autre afin de séduire librement une jeune femme en présence de son père.

Pour aller plus loin

16. Dans la scène 5, Molière réutilise un effet comique qu'il a déjà exploité dans la scène 4 du *Médecin volant*. Retrouvez-le et comparez-les.
17. Mettez en scène la scène 4.

✻ *À retenir*

Dans ce dernier acte, à l'initiative de Lisette, Clitandre endosse le rôle d'un faux médecin. Il prétend que, pour guérir la « fantaisie » de sa fille, il va faire mine de l'épouser aussitôt. Ce que Sganarelle prend pour un habile artifice se révèle être de véritables noces. Et voilà l'homme de mauvaise foi berné au milieu des danses et des chants de la comédie-ballet !

Le Sicilien ou l'Amour peintre

Molière

Comédie (1667)

Affiche de théâtre pour le tricentenaire de Molière
à la Comédie-Française.

LE SICILIEN OU L'AMOUR PEINTRE

Comédie

Par J.-B. P. MOLIÈRE

Représentée pour la première fois à Saint-Germain-en-Laye par ordre de Sa Majesté, au mois de février 1667, et donnée depuis au public sur le théâtre du Palais-Royal, le 10e du mois de juin de la même année 1667, par la Troupe du Roi.

PERSONNAGES

ADRASTE	*gentilhomme français, amant d'Isidore.*
DOM PÈDRE	*Sicilien, amant d'Isidore.*
ISIDORE	*Grecque, esclave de Dom Pèdre.*
CLIMÈNE	*sœur d'Adraste.*
HALI	*valet d'Adraste.*

LE SÉNATEUR.

LES MUSICIENS.

TROUPE D'ESCLAVES.

TROUPES DE MAURES[1].

DEUX LAQUAIS.

1. **Maures :** Africains.

Scène 1 HALI ET DES MUSICIENS

HALI, *aux musiciens.* Chut. N'avancez pas davantage, et demeurez dans cet endroit, jusqu'à ce que je vous appelle. Il fait noir comme dans un four : le ciel s'est habillé ce soir en Scaramouche[1], et je ne vois pas une étoile qui montre le bout de son nez. Sotte condition que celle d'un esclave ! de ne vivre jamais pour soi, et d'être toujours tout entier aux passions d'un maître ! de n'être réglé que par ses humeurs, et de se voir réduit à faire ses propres affaires de tous les soucis qu'il peut prendre ! Le mien me fait ici épouser ses inquiétudes ; et parce qu'il est amoureux, il faut que, nuit et jour, je n'aie aucun repos. Mais voici des flambeaux, et sans doute c'est lui.

Scène 2 ADRASTE ET DEUX LAQUAIS, HALI

ADRASTE. Est-ce toi, Hali ?

HALI. Et qui pourrait-ce être que moi ? À ces heures de nuit, hors vous et moi, Monsieur, je ne crois pas que personne s'avise de[2] courir maintenant les rues.

ADRASTE. Aussi ne crois-je pas qu'on puisse voir personne qui sente dans son cœur la peine que je sens. Car, enfin, ce n'est rien d'avoir à combattre l'indifférence ou les rigueurs d'une beauté qu'on aime : on a toujours au moins le plaisir de la plainte et la liberté des soupirs ; mais ne pouvoir trouver aucune occasion de

---

1. **Le ciel s'est habillé ce soir en Scaramouche :** il fait nuit noire. Scaramouche, le personnage créé par le comédien Tiberio Fiorelli, ami et maître de Molière, était en effet toujours vêtu de noir.
2. **S'avise de :** du verbe « s'aviser de », être assez audacieux pour.

parler à ce qu'on adore, ne pouvoir savoir d'une belle si l'amour qu'inspirent ses yeux est pour lui plaire ou lui déplaire, c'est la plus fâcheuse, à mon gré, de toutes les inquiétudes ; et c'est où me réduit l'incommode jaloux qui veille, avec tant de souci[1], sur ma charmante Grecque, et ne fait pas un pas sans la traîner à ses côtés.

HALI. Mais il est en amour plusieurs façons de se parler ; et il me semble, à moi, que vos yeux et les siens, depuis près de deux mois, se sont dit bien des choses.

ADRASTE. Il est vrai qu'elle et moi souvent nous nous sommes parlé des yeux ; mais comment reconnaître que, chacun de notre côté, nous ayons comme il faut expliqué ce langage ? Et que sais-je, après tout, si elle entend bien tout ce que mes regards lui disent ? et si les siens me disent ce que je crois parfois entendre ?

HALI. Il faut chercher quelque moyen de se parler d'autre manière.

ADRASTE. As-tu là tes musiciens ?

HALI. Oui.

ADRASTE. Fais-les approcher. Je veux, jusques au jour, les faire ici chanter, et voir si leur musique n'obligera point cette belle à paraître à quelque fenêtre.

HALI. Les voici. Que chanteront-ils ?

ADRASTE. Ce qu'ils jugeront de meilleur.

HALI. Il faut qu'ils chantent un trio qu'ils me chantèrent l'autre jour.

ADRASTE. Non, ce n'est pas ce qu'il me faut.

HALI. Ah ! Monsieur, c'est du beau bécarre[2].

ADRASTE. Que diantre veux-tu dire avec ton beau bécarre ?

HALI. Monsieur, je tiens pour le bécarre[3] : vous savez que je m'y connais. Le bécarre me charme : hors du bécarre, point de salut en harmonie. Écoutez un peu ce trio.

---

1. **Avec tant de souci :** avec tant de soin.
2. **Bécarre :** se dit pour les chants en mode majeur, souvent joyeux.
3. **Je tiens pour le bécarre :** je suis favorable au bécarre.

ADRASTE. Non : je veux quelque chose de tendre et de passionné, quelque chose qui m'entretienne dans une douce rêverie.

HALI. Je vois bien que vous êtes pour le bémol[1] ; mais il y a moyen de nous contenter l'un et l'autre. Il faut qu'ils vous chantent une certaine scène d'une petite comédie que je leur ai vu essayer. Ce sont deux bergers amoureux, tous remplis de langueur[2], qui, sur le bémol, viennent séparément faire leurs plaintes dans un bois, puis se découvrent l'un à l'autre la cruauté de leurs maîtresses ; et là-dessus vient un berger joyeux, avec un bécarre admirable, qui se moque de leur faiblesse.

ADRASTE. J'y consens. Voyons ce que c'est.

HALI. Voici, tout juste, un lieu propre à servir de scène ; et voilà deux flambeaux pour éclairer la comédie.

ADRASTE. Place-toi contre ce logis, afin qu'au moindre bruit que l'on fera dedans, je fasse cacher les lumières.

Scène 3 *Chantée par trois musiciens.*

PREMIER MUSICIEN
Si du triste récit de mon inquiétude
Je trouble le repos de votre solitude,
Rochers, ne soyez point fâchés.
Quand vous saurez l'excès de mes peines secrètes,
Tout rochers que vous êtes,
Vous en serez touchés.

---

1. **Bémol :** se dit pour les chants en mode mineur, souvent tristes.
2. **Langueur :** état d'une personne qui s'affaiblit ; mélancolie.

Deuxième musicien
Les oiseaux réjouis, dès que le jour s'avance,
Recommencent leurs chants dans ces vastes forêts ;
Et moi j'y recommence
Mes soupirs languissants[1] *et mes tristes regrets.*
Ah ! mon cher Philène.

Premier musicien
Ah ! mon cher Tirsis.

Deuxième musicien
Que je sens de peine !

Premier musicien
Que j'ai de soucis !

Deuxième musicien
Toujours sourde à mes vœux est l'ingrate Climène.

Premier musicien
Cloris n'a point pour moi de regards adoucis.

Tous deux
Ô loi trop inhumaine !
Amour, si tu ne peux les contraindre d'aimer,
Pourquoi leur laisses-tu le pouvoir de charmer ?

Troisième musicien
Pauvres amants, quelle erreur
D'adorer des inhumaines !
Jamais les âmes bien saines
Ne se payent de rigueur ;
Et les faveurs sont les chaînes
Qui doivent lier un cœur.
On voit cent belles ici
Auprès de qui je m'empresse :
À leur vouer ma tendresse
Je mets mon plus doux souci ;
Mais, lors que l'on est tigresse,
Ma foi ! je suis tigre aussi.

---

1. **Languissant :** qui exprime la mélancolie amoureuse.

Premier et deuxième musiciens
Heureux, hélas ! qui peut aimer ainsi !

Hali. Monsieur, je viens d'ouïr[1] quelque bruit au-dedans.

Adraste. Qu'on se retire, vite, et qu'on éteigne les flambeaux.

Scène 4 Dom Pèdre, Adraste, Hali

Dom Pèdre, *sortant en bonnet de nuit et robe de chambre, avec une épée sous le bras.* Il y a quelque temps que j'entends chanter à ma porte ; et, sans doute, cela ne se fait pas pour rien. Il faut que, dans l'obscurité, je tâche à découvrir quelles gens ce peuvent être.

Adraste. Hali !

Hali. Quoi ?

Adraste. N'entends-tu plus rien ?

Hali. Non.
Dom Pèdre est derrière eux, qui les écoute.

Adraste. Quoi ? tous nos efforts ne pourront obtenir que je parle un moment à cette aimable Grecque ? et ce jaloux maudit, ce traître de Sicilien, me fermera toujours tout accès auprès d'elle ?

Hali. Je voudrais, de bon cœur, que le diable l'eût emporté, pour la fatigue qu'il nous donne, le fâcheux, le bourreau qu'il est. Ah ! si nous le tenions ici, que je prendrais de joie à venger sur son dos tous les pas inutiles que sa jalousie nous fait faire !

Adraste. Si faut-il bien pourtant[2] trouver quelque moyen, quelque invention, quelque ruse, pour attraper notre brutal : j'y suis trop engagé pour en avoir le démenti ; et quand j'y devrais employer…

---

1. **Je viens d'ouïr :** je viens d'entendre.
2. **Si faut-il bien pourtant :** mais il faut bien pourtant.

HALI. Monsieur, je ne sais pas ce que cela veut dire, mais la porte est ouverte ; et si vous le voulez, j'entrerai doucement pour découvrir d'où cela vient.
Dom Pèdre se retire sur sa porte.

ADRASTE. Oui, fais ; mais sans faire de bruit ; je ne m'éloigne pas de toi. Plût au Ciel que ce fût la charmante Isidore !

DOM PÈDRE, *lui donnant sur la joue.* Qui va là ?

HALI, *lui en faisant de même.* Ami.

DOM PÈDRE. Holà ! Francisque, Dominique, Simon, Martin, Pierre, Thomas, Georges, Charles, Barthélemy : allons, promptement, mon épée, ma rondache[1], ma hallebarde[2], mes pistolets, mes mousquetons[3], mes fusils ; vite, dépêchez, allons, tue, point de quartier[4].

Scène 5 ADRASTE, HALI

ADRASTE. Je n'entends remuer personne. Hali ? Hali ?

HALI, *caché dans un coin.* Monsieur.

ADRASTE. Où donc te caches-tu ?

HALI. Ces gens sont-ils sortis ?

ADRASTE. Non : personne ne bouge.

HALI, *en sortant d'où il était caché.* S'ils viennent, ils seront frottés[5].

---

1. **Rondache :** une rondache est un bouclier rond.
2. **Hallebarde :** une hallebarde est une arme longue et fine munie d'un fer tranchant et pointu.
3. **Mousquetons :** un mousqueton est une arme à feu.
4. **Point de quartier :** aucune indulgence.
5. **Frottés :** battus, frappés.

ADRASTE. Quoi ? tous nos soins seront donc inutiles ? et toujours ce fâcheux jaloux se moquera de nos desseins[1] ?

HALI. Non : le courroux[2] du point d'honneur me prend ; il ne sera pas dit qu'on triomphe de mon adresse ; ma qualité[3] de fourbe s'indigne de tous ces obstacles, et je prétends faire éclater les talents que j'ai eus du Ciel.

ADRASTE. Je voudrais seulement que, par quelque moyen, par un billet[4], par quelque bouche, elle fût avertie des sentiments qu'on a pour elle, et savoir les siens là-dessus. Après, on peut trouver facilement les moyens...

HALI. Laissez-moi faire seulement : j'en essayerai tant de toutes les manières, que quelque chose enfin nous pourra réussir. Allons, le jour paraît ; je vais chercher mes gens, et venir attendre, en ce lieu, que notre jaloux sorte.

Scène 6 DOM PÈDRE, ISIDORE

ISIDORE. Je ne sais pas quel plaisir vous prenez à me réveiller si matin ; cela s'ajuste assez mal, ce me semble, au dessein que vous avez pris de me faire peindre aujourd'hui ; et ce n'est guère pour avoir le teint frais et les yeux brillants que se lever ainsi dès la pointe du jour[5].

DOM PÈDRE. J'ai une affaire qui m'oblige à sortir à l'heure qu'il est.

1. **Desseins :** intentions, objectifs.
2. **Courroux :** grande colère.
3. **Qualité :** condition, état.
4. **Billet :** courte lettre.
5. **Pointe du jour :** aube.

ISIDORE. Mais l'affaire que vous avez eût bien pu se passer, je crois, de ma présence ; et vous pouviez, sans vous incommoder, me laisser goûter les douceurs du sommeil du matin.

DOM PÈDRE. Oui ; mais je suis bien aise de vous voir toujours avec moi. Il n'est pas mal de s'assurer un peu contre les soins des surveillants[1] ; et cette nuit encore, on est venu chanter sous nos fenêtres.

ISIDORE. Il est vrai ; la musique en était admirable.

DOM PÈDRE. C'était pour vous que cela se faisait ?

ISIDORE. Je le veux croire ainsi, puisque vous me le dites.

DOM PÈDRE. Vous savez qui était celui qui donnait cette sérénade[2] ?

ISIDORE. Non pas ; mais, qui que ce puisse être, je lui suis obligée.

DOM PÈDRE. Obligée !

ISIDORE. Sans doute, puisqu'il cherche à me divertir.

DOM PÈDRE. Vous trouvez donc bon qu'on vous aime ?

ISIDORE. Fort bon. Cela n'est jamais qu'obligeant[3].

DOM PÈDRE. Et vous voulez du bien à tous ceux qui prennent ce soin ?

ISIDORE. Assurément.

DOM PÈDRE. C'est dire fort net ses pensées.

ISIDORE. À quoi bon de dissimuler ? Quelque mine qu'on fasse, on est toujours bien aise d'être aimée : ces hommages à nos appas[4] ne sont jamais pour nous déplaire. Quoi qu'on en puisse dire, la grande ambition des femmes est, croyez-moi, d'inspirer de l'amour. Tous les soins qu'elles prennent ne sont que pour cela ; et l'on n'en voit point de si fière qui ne s'applaudisse en son cœur des conquêtes que font ses yeux.

DOM PÈDRE. Mais si vous prenez, vous, du plaisir à vous voir aimée, savez-vous bien, moi qui vous aime, que je n'y en prends nullement ?

---

1. **Les soins des surveillants :** la surveillance des espions.
2. **Sérénade :** chant exécuté sous la fenêtre d'une femme aimée.
3. **Obligeant :** qui fait plaisir, agréable.
4. **Appas :** charmes, attraits d'une femme.

Isidore. Je ne sais pas pourquoi cela ; et si j'aimais quelqu'un, je n'aurais point de plus grand plaisir que de le voir aimé de tout le monde. Y a-t-il rien qui marque davantage la beauté du choix que l'on fait ? et n'est-ce pas pour s'applaudir, que ce que nous aimons soit trouvé fort aimable ?

Dom Pèdre. Chacun aime à sa guise, et ce n'est pas là ma méthode. Je serai fort ravi qu'on ne vous trouve point si belle, et vous m'obligerez de[1] n'affecter[2] point tant de la paraître à d'autres yeux.

Isidore. Quoi ? jaloux de ces choses-là ?

Dom Pèdre. Oui, jaloux de ces choses-là, mais jaloux comme un tigre, et, si vous voulez : comme un diable. Mon amour vous veut toute à moi ; sa délicatesse s'offense d'un souris[3], d'un regard qu'on vous peut arracher ; et tous les soins qu'on me voit prendre ne sont que pour fermer tout accès aux galants[4], et m'assurer la possession d'un cœur dont je ne puis souffrir qu'on me vole la moindre chose.

Isidore. Certes, voulez-vous que je dise ? Vous prenez un mauvais parti[5] ; et la possession d'un cœur est fort mal assurée, lorsqu'on prétend le retenir par force. Pour moi, je vous l'avoue, si j'étais galant d'une femme qui fût au pouvoir de quelqu'un, je mettrais toute mon étude à rendre ce quelqu'un jaloux, et l'obliger à veiller nuit et jour celle que je voudrais gagner. C'est un admirable moyen d'avancer ses affaires, et l'on ne tarde guère à profiter du chagrin et de la colère que donne à l'esprit d'une femme la contrainte et la servitude[6].

Dom Pèdre. Si bien donc que, si quelqu'un vous en contait, il vous trouverait disposée à recevoir ses vœux ?

---

1. **Vous m'obligerez de :** vous me ferez plaisir en.
2. **Affecter :** aimer, avoir le goût de.
3. **Un souris :** un sourire.
4. **Galants :** séducteurs.
5. **Vous prenez un mauvais parti :** vous faites un mauvais choix.
6. **Servitude :** esclavage, soumission.

ISIDORE. Je ne vous dis rien là-dessus. Mais les femmes enfin n'aiment pas qu'on les gêne[1] ; et c'est beaucoup risquer que de leur montrer des soupçons, et de les tenir renfermées.

DOM PÈDRE. Vous reconnaissez peu ce que vous me devez ; et il me semble qu'une esclave que l'on a affranchie[2], et dont on veut faire sa femme...

ISIDORE. Quelle obligation vous ai-je, si vous changez mon esclavage en un autre beaucoup plus rude ? si vous ne me laissez jouir d'aucune liberté, et me fatiguez, comme on voit, d'une garde continuelle ?

DOM PÈDRE. Mais tout cela ne part que d'un excès d'amour.

ISIDORE. Si c'est votre façon d'aimer, je vous prie de me haïr.

DOM PÈDRE. Vous êtes aujourd'hui dans une humeur désobligeante ; et je pardonne ces paroles au chagrin où vous pouvez être de vous être levée matin.

---

1. **Gêne :** incommode, contraigne.
2. **Affranchie :** « affranchir » signifie « rendre ou donner sa liberté à un esclave ».

Clefs d'analyse

Le Sicilien
(Scènes 1 à 6)

Action et personnages

1. Dans la scène 1, de quoi Hali se plaint-il ?
2. Scène 2, quel est l'objectif précis d'Adraste et quel est l'obstacle à sa réalisation ? Dans quel but demande-t-il à Hali de faire chanter ses musiciens ?
3. Scène 3, quelle différence y a-t-il entre la manière d'aimer de Philène et de Tirsis et celle du troisième musicien ?
4. Scène 4, le chant des bergers a-t-il l'effet escompté ? Justifiez votre réponse.
5. Sur quelle forme de comique le cœur de la scène 4 repose-t-il ?
6. Comparez les attitudes d'Adraste et d'Hali au début de la scène 5. Quels traits de caractère d'Hali révèle-t-elle ?
7. Quelle information importante apprend-on dès la première réplique d'Isidore, scène 6 ?
8. Résumez les conceptions de l'amour que développent Isidore et Adraste dans la scène 6. Sont-elles compatibles ?
9. Qu'apprend-on sur l'histoire de la relation entre Adraste et Isidore à la fin de la scène ? Quelle menace implicite Isidore adresse-t-elle à Dom Pèdre ? La prend-il au sérieux ? Justifiez votre réponse.

Langue

10. « Il fait noir comme dans un four. Le ciel s'est habillé ce soir en Scaramouche, et je ne vois pas une étoile qui montre le bout de son nez. » Quelles sont les deux figures de style employées par Hali ? À quel moment la scène se déroule-t-elle ?
11. Quel nom portent les deux procédés qu'utilise Dom Pèdre dans sa dernière réplique de la scène 4 ? En quoi sont-ils comiques ?
12. Scène 6, dans le passage qui va de « à quoi bon de dissimuler ? » jusqu'à « la contrainte et la servitude », relevez les mots de la famille d'« amour » ainsi que les mots qui appartiennent à ce champ lexical.

Genre ou thèmes

13. Quel est le point commun entre l'état d'Hali dans la scène 1, d'Adraste dans la scène 2 et des deux premiers bergers dans la scène 3 ?

14. Quel rapport y a-t-il entre les paroles du chant de la scène 3 avec l'intrigue de la pièce ? Répondez aussi précisément que possible.

15. Quelles principales différences relevez-vous entre la scène 6 et les cinq précédentes ?

Écriture

16. Rédigez un court texte qui décrit une nuit en ville en employant à plusieurs reprises les deux figures de style que vous avez relevées à la question 10.

17. Imaginez un motif de brouille entre deux amis et, à partir de cette situation initiale, rédigez un dialogue théâtral dans lequel les deux personnages confrontent leur conception de l'amitié opposée l'une à l'autre.

Pour aller plus loin

18. Relisez attentivement le texte et imaginez le décor de la pièce. Décrivez-le le plus précisément possible. Vous pouvez également, si vous le souhaitez, en proposer un dessin.

✻ À retenir

Le Sicilien débute la nuit par trois complaintes : celles d'Hali et d'Adraste, puis le chant des bergers. Le comique survient avec l'apparition du mari jaloux au lieu de la femme aimée. Nouveau changement de ton : Isidore et Dom Pèdre s'affrontent dans un dialogue qui ne laisse guère de doutes sur l'issue de la pièce. Reste à savoir quelle ruse permettra enfin à Adraste d'enlever Isidore.

Scène 7 Dom Pèdre, Hali, Isidore

Hali, *habillé en Turc, faisant plusieurs révérences à Dom Pèdre.*

Dom Pèdre. Trêve aux cérémonies[1]. Que voulez-vous ?

Hali. *(Il se retourne devers[2] Isidore, à chaque parole qu'il dit à Dom Pèdre, et lui fait des signes pour lui faire connaître le dessein de son maître.)* Signor[3] (avec la permission de la Signore[4]), je vous dirai (avec la permission de la Signore) que je viens vous trouver (avec la permission de la Signore), pour vous prier (avec la permission de la Signore) de vouloir bien (avec la permission de la Signore)…

Dom Pèdre. Avec la permission de la Signore, passez un peu de ce côté.

Hali. Signor, je suis un virtuose.

Dom Pèdre. Je n'ai rien à donner[5].

Hali. Ce n'est pas ce que je demande. Mais, comme je me mêle un peu de musique et de danse, j'ai instruit quelques esclaves qui voudraient bien trouver un maître qui se plût à ces choses ; et comme je sais que vous êtes une personne considérable, je voudrais vous prier de les voir et de les entendre, pour les acheter, s'ils vous plaisent, ou pour leur enseigner quelqu'un de vos amis qui voulût s'en accommoder.

Isidore. C'est une chose à voir, et cela nous divertira. Faites-les-nous venir.

Hali. *Chala bala.* Voici une chanson nouvelle, qui est du temps[6]. Écoutez bien. *Chala bala.*

---

1. **Trêve aux cérémonies :** assez de politesses !
2. ***Devers :*** vers.
3. **Signor :** en italien, « Monsieur ».
4. **Signore :** en italien déformé, « Madame ».
5. **Je n'ai rien à donner :** Dom Pèdre pense qu'Hali mendie.
6. **Qui est du temps :** adaptée à la situation.

Scène 8 Hali et quatre esclaves, Isidore, Dom Pèdre

Hali chante dans cette scène, et les esclaves dansent dans les intervalles de son chant.

Hali *chante.*
D'un cœur ardent, en tous lieux
Un amant suit une belle ;
Mais d'un jaloux odieux
La vigilance éternelle
Fait qu'il ne peut que des yeux
S'entretenir avec elle :
Est-il peine plus cruelle
Pour un cœur bien amoureux ?

Chiribirida ouch alla !
Star bon Turca,
Non aver danara.
Ti voler comprara ?
Mi servir a ti,
Se pagar per mi :
Far bona coucina,
Mi levar matina,
Far boller caldara.
Parlara, parlara :
Ti voler comprara ?[1]

C'est un supplice, à tous coups,
Sous qui cet amant expire ;

1. ***Chiribirida […] comprara ? :*** cette strophe entière repose sur des paroles inventées inspirées de l'italien et de l'espagnol. On peut la traduire ainsi : *« Chiribirida ouch alla ! Être bon Turc, Ne pas avoir denier. Toi vouloir acheter ? Moi servir à toi. Si payer pour moi, faire bonne cuisine, me lever matin, faire bouillir chaudron. Toi parler, parler : toi vouloir acheter ? »*

Mais si d'un œil un peu doux
La belle voit son martyre,
Et consent qu'aux yeux de tous
Pour ses attraits il soupire,
Il pourrait bientôt se rire
De tous les soins du jaloux.

Chiribirida ouch alla !
Star bon Turca,
Non aver danara.
Ti voler comprara ?
Mi servir a ti,
Se pagar per mi :
Far bona coucina,
Mi levar matina,
Far boller caldara.
Parlara, parlara :
Ti voler comprara ?

DOM PÈDRE
Savez-vous, mes drôles,
Que cette chanson
Sent pour vos épaules
Les coups de bâton ?

Chiribirida ouch alla !
Mi ti non comprara,
Ma ti bastonara,
Si ti non andara.
Andara, andara,
O ti bastonara.[1]

Oh ! oh ! quels égrillards[2] ! Allons, rentrons ici : j'ai changé de pensée ; et puis le temps se couvre un peu. *(À Hali, qui paraît encore là.)* Ah ! fourbe, que je vous y trouve !

---

1. ***Chiribirida […] bastonara ? :*** bien que ces paroles soient inventées, leur sens se laisse facilement deviner : *« Chiribirida ouch alla ! Moi pas acheter toi, mais bastonner toi, si toi pas partir. Partir, partir, ou bastonner toi. »*
2. **Égrillards :** gaillards.

HALI. Hé bien ! oui, mon maître l'adore ; il n'a point de plus grand désir que de lui montrer son amour ; et si elle y consent, il la prendra pour femme.

DOM PÈDRE. Oui, oui, je la lui garde.

HALI. Nous l'aurons malgré vous.

DOM PÈDRE. Comment ? coquin...

HALI. Nous l'aurons, dis-je, en dépit de vos dents[1].

DOM PÈDRE. Si je prends...

HALI. Vous avez beau faire la garde : j'en ai juré, elle sera à nous.

DOM PÈDRE. Laisse-moi faire, je t'attraperai sans courir.

HALI. C'est nous qui vous attraperons : elle sera notre femme, la chose est résolue. Il faut que j'y périsse, ou que j'en vienne à bout.

Scène 9 ADRASTE, HALI

ADRASTE. Hé bien ! Hali, nos affaires s'avancent-elles ?

HALI. Monsieur, j'ai déjà fait quelque petite tentative ; mais je...

ADRASTE. Ne te mets point en peine. J'ai trouvé par hasard tout ce que je voulais, et je vais jouir du bonheur de voir chez elle cette belle. Je me suis rencontré[2] chez le peintre Damon, qui m'a dit qu'aujourd'hui il venait faire le portrait de cette adorable personne ; et comme il est depuis longtemps de mes plus intimes amis, il a voulu servir mes feux[3], et m'envoie à sa place, avec un petit mot de lettre pour me faire accepter. Tu sais que de tout temps je me suis plu à la peinture, et que parfois je manie le pinceau, contre la coutume de France, qui ne veut pas qu'un gentilhomme sache rien faire : ainsi j'aurai la liberté de voir cette belle

1. **En dépit de vos dents :** quoi que vous fassiez.
2. **Je me suis rencontré :** je me suis trouvé par hasard.
3. **Mes feux :** ma passion.

à mon aise. Mais je ne doute pas que mon jaloux fâcheux ne soit toujours présent, et n'empêche tous les propos que nous pourrions avoir ensemble. Et pour te dire vrai, j'ai, par le moyen d'une jeune esclave, un stratagème prêt pour tirer cette belle Grecque des mains de son jaloux, si je puis obtenir d'elle qu'elle y consente.

Hali. Laissez-moi faire, je veux vous faire un peu de jour à la pouvoir entretenir. *(Il parle bas à l'oreille d'Adraste.)* Il ne sera pas dit que je ne serve de rien dans cette affaire-là. Quand allez-vous ?

Adraste. Tout de ce pas, et j'ai déjà préparé toutes choses.

Hali. Je vais, de mon côté, me préparer aussi.

Adraste. Je ne veux point perdre de temps. Holà ! Il me tarde que je ne goûte le plaisir de la voir.

Scène 10 Dom Pèdre, Adraste

Dom Pèdre. Que cherchez-vous, cavalier, dans cette maison ?

Adraste. J'y cherche le seigneur Dom Pèdre.

Dom Pèdre. Vous l'avez devant vous.

Adraste. Il prendra, s'il lui plaît, la peine de lire cette lettre.

Dom Pèdre *lit.* « Je vous envoie, au lieu de moi, pour le portrait que vous savez, ce gentilhomme français, qui, comme curieux d'obliger les honnêtes gens, a bien voulu prendre ce soin, sur la proposition que je lui en ai faite. Il est, sans contredit[1], le premier homme du monde pour ces sortes d'ouvrages, et j'ai cru que je ne pouvais vous rendre un service plus agréable que de vous l'envoyer, dans le dessein que vous avez d'avoir un portrait achevé de la personne que vous aimez. Gardez-vous bien surtout de lui parler d'aucune récompense, car c'est un homme qui s'en offenserait, et qui ne fait les choses que pour la gloire et pour la réputation. »

1. **Sans contredit** : sans aucun doute, sans « contradiction » possible.

DOM PÈDRE, *parlant au Français.* Seigneur Français, c'est une grande grâce que vous me voulez faire ; et je vous suis fort obligé.

ADRASTE. Toute mon ambition est de rendre service aux gens de nom et de mérite.

DOM PÈDRE. Je vais faire venir la personne dont il s'agit.

Scène 11 ISIDORE, DOM PÈDRE, ADRASTE ET DEUX LAQUAIS

DOM PÈDRE. Voici un gentilhomme que Damon nous envoie, qui se veut bien donner la peine de vous peindre. *(Adraste baise Isidore en la saluant, et Dom Pèdre lui dit :)* Holà ! Seigneur Français, cette façon de saluer n'est point d'usage en ce pays.

ADRASTE. C'est la manière de France.

DOM PÈDRE. La manière de France est bonne pour vos femmes ; mais, pour les nôtres, elle est un peu trop familière.

ISIDORE. Je reçois cet honneur avec beaucoup de joie. L'aventure me surprend fort, et pour dire le vrai, je ne m'attendais pas d'avoir un peintre si illustre.

ADRASTE. Il n'y a personne sans doute qui ne tînt à beaucoup de gloire de toucher à un tel ouvrage. Je n'ai pas grande habileté ; mais le sujet, ici, ne fournit que trop de lui-même, et il y a moyen de faire quelque chose de beau sur un original fait comme celui-là.

ISIDORE. L'original est peu de chose ; mais l'adresse du peintre en saura couvrir les défauts.

ADRASTE. Le peintre n'y en voit aucun ; et tout ce qu'il souhaite est d'en pouvoir représenter les grâces, aux yeux de tout le monde, aussi grandes qu'il les peut voir.

ISIDORE. Si votre pinceau flatte autant que votre langue, vous allez me faire un portrait qui ne me ressemblera pas.

Adraste. Le Ciel, qui fit l'original, nous ôte le moyen d'en faire un portrait qui puisse flatter.

Isidore. Le Ciel, quoi que vous en disiez, ne...

Dom Pèdre. Finissons cela, de grâce, laissons les compliments, et songeons au portrait.

Adraste. Allons, apportez tout.
On apporte tout ce qu'il faut pour peindre Isidore.

Isidore. Où voulez-vous que je me place ?

Adraste. Ici. Voici le lieu le plus avantageux, et qui reçoit le mieux les vues favorables de la lumière que nous cherchons.

Isidore. Suis-je bien ainsi ?

Adraste. Oui. Levez-vous un peu, s'il vous plaît. Un peu plus de ce côté-là ; le corps tourné ainsi ; la tête un peu levée, afin que la beauté du cou paraisse. Ceci un peu plus découvert. *(Il parle de sa gorge.)* Bon. Là, un peu davantage. Encore tant soit peu.

Dom Pèdre. Il y a bien de la peine à vous mettre ; ne sauriez-vous vous tenir comme il faut ?

Isidore. Ce sont ici des choses toutes neuves pour moi ; et c'est à Monsieur à me mettre de la façon qu'il veut.

Adraste. Voilà qui va le mieux du monde, et vous vous tenez à merveilles. *(La faisant tourner un peu devers lui*[1]*.)* Comme cela, s'il vous plaît. Le tout dépend des attitudes qu'on donne aux personnes qu'on peint.

Dom Pèdre. Fort bien.

Adraste. Un peu plus de ce côté ; vos yeux toujours tournés vers moi, je vous en prie ; vos regards attachés aux miens.

Isidore. Je ne suis pas comme ces femmes qui veulent, en se faisant peindre, des portraits qui ne sont point elles, et ne sont point satisfaites du peintre s'il ne les fait toujours plus belles qu'elles ne sont. Il faudrait, pour les contenter, ne faire qu'un portrait pour toutes ; car toutes demandent les mêmes choses : un teint tout de lis et de roses, un nez bien fait, une petite bouche, et de

---

1. ***Devers lui :*** de son côté.

grands yeux vifs, bien fendus, et surtout le visage pas plus gros que le poing, l'eussent-elles d'un pied de large. Pour moi, je vous demande un portrait qui soit moi, et qui n'oblige point à demander qui c'est.

ADRASTE. Il serait malaisé qu'on demandât cela du vôtre, et vous avez des traits à qui fort peu d'autres ressemblent. Qu'ils ont de douceurs et de charmes, et qu'on court de risque à les peindre !

DOM PÈDRE. Le nez me semble un peu trop gros.

ADRASTE. J'ai lu, je ne sais où, qu'Apelle[1] peignit autrefois une maîtresse d'Alexandre[2] d'une merveilleuse beauté, et qu'il en devint, la peignant, si éperdument amoureux, qu'il fut près d'en perdre la vie : de sorte qu'Alexandre, par générosité, lui céda l'objet de ses vœux. *(Il parle à Dom Pèdre.)* Je pourrais faire ici ce qu'Apelle fit autrefois ; mais vous ne feriez pas peut-être ce que fit Alexandre. *(Dom Pèdre fait la grimace.)*

ISIDORE. Tout cela sent la nation ; et toujours messieurs les Français ont un fonds de galanterie[3] qui se répand partout.

ADRASTE. On ne se trompe guère à ces sortes de choses ; et vous avez l'esprit trop éclairé pour ne pas voir de quelle source partent les choses qu'on vous dit. Oui, quand Alexandre serait ici, et que ce serait votre amant, je ne pourrais m'empêcher de vous dire que je n'ai rien vu de si beau que ce que je vois maintenant, et que…

DOM PÈDRE. Seigneur Français, vous ne devriez pas, ce me semble, tant parler ; cela vous détourne de votre ouvrage.

ADRASTE. Ah ! point du tout. J'ai toujours de coutume de parler quand je peins ; et il est besoin, dans ces choses, d'un peu de conversation, pour réveiller l'esprit, et tenir les visages dans la gaieté nécessaire aux personnes que l'on veut peindre.

---

1. **Apelle :** célèbre peintre grec du IVe siècle avant J.-C.
2. **Alexandre (le Grand) :** roi de Macédoine et grand conquérant.
3. **Galanterie :** art de la courtoisie et de la séduction.

Clefs d'analyse

Le Sicilien
(Scènes 7 à 11)

Action et personnages

1. Dans la scène 7, relevez un exemple de comique de mots, de comique de gestes, de comique de situation et de comique de caractère.
2. Dom Pèdre est-il dupe de la chanson d'Hali ? Justifiez votre réponse en précisant sa réaction.
3. Quelle information importante, scène 9, promet de faire évoluer l'action ?
4. Comment Hali réagit-il à cette information ? Quel trait de caractère sa réaction révèle-t-elle ?
5. Scène 11, Isidore adopte-t-elle la même attitude à l'égard d'Adraste que de Dom Pèdre dans la scène 6 ? Pour quelle raison selon vous ?
6. Quel est le personnage qui parle le moins dans la scène 11 ? Quel est le personnage le plus comique ? Justifiez votre réponse.

Langue

7. Dans la chanson de la scène 8, relevez les expressions qui peuvent se rapporter à Adraste, Dom Pèdre et Isidore.
8. Scène 8, après la chanson, Hali déclare « elle sera notre femme ». Comment expliquez-vous le choix de l'adjectif possessif qu'il emploie ?
9. Scène 9, « il a voulu servir mes feux ». Trouvez dans le langage courant d'autres métaphores de même nature qui expriment une idée proche.
10. Scène 10, comparez la manière dont Dom Pèdre s'exprime avant et après la lecture de la lettre. Comment expliquez-vous cette différence ?
11. Qui est désigné par le « sujet » et par l'« original » dans la phrase d'Adraste, scène 11 ?

Genre ou thèmes

12. Scène 8, comptez les syllabes de chacune des deux phrases d'Hali : « elle sera notre femme, la chose est résolue » et « Il faut que j'y périsse ou que j'en vienne à bout ». Que remarquez-vous ?
13. Scène 9, à quel moment de la pièce la rencontre d'Adraste avec son ami peintre a-t-elle eu lieu ? Quelle remarque pouvez-vous faire à ce sujet ? Par ailleurs, le fait qu'Adraste connaisse le peintre engagé pour faire le portrait d'Isidore et qu'il l'ait rencontré « par hasard » vous semble-t-il vraisemblable ? Justifiez votre réponse.

Écriture

14. Inventez une chanson dans une langue imaginaire qui permette néanmoins d'en comprendre le sens. Vous veillerez à la régularité des vers et aux rimes.
15. Écrivez une lettre d'amour en vous inspirant de la galanterie d'Adraste.

Pour aller plus loin

16. Faites une recherche documentaire sur la notion de « gentilhomme » au XVIIe siècle. Citez une pièce de Molière dont le titre contient ce mot et résumez-en l'histoire. Présentez le fruit de vos travaux à la classe sous la forme d'un exposé.

✻ À retenir

Dans le nœud de l'intrigue, Molière multiplie les sources de plaisir pour le spectateur : jeux de dupes entre le rusé Hali et le jaloux Dom Pèdre, chanson plaisante d'Hali reprise non moins plaisamment par Dom Pèdre, séduction galante entre Adraste et Isidore à la barbe du mari jaloux, déguisements d'Hali en Espagnol et d'Adraste en peintre… La comédie-ballet développe joyeusement sa morale du plaisir.

Scène 12 HALI, *vêtu en Espagnol,* DOM PÈDRE, ADRASTE, ISIDORE

DOM PÈDRE. Que veut cet homme-là ? et qui laisse monter les gens sans nous en venir avertir ?

HALI. J'entre ici librement ; mais, entre cavaliers, telle liberté est permise. Seigneur, suis-je connu de vous ?

DOM PÈDRE. Non, Seigneur.

HALI. Je suis Dom Gilles d'Avalos, et l'histoire d'Espagne vous doit avoir instruit de mon mérite.

DOM PÈDRE. Souhaitez-vous quelque chose de moi ?

HALI. Oui, un conseil sur un fait d'honneur. Je sais qu'en ces matières il est malaisé de trouver un cavalier plus consommé[1] que vous ; mais je vous demande pour grâce que nous nous tirions à l'écart.

DOM PÈDRE. Nous voilà assez loin.

ADRASTE *va pour parler à Isidore ; Dom Pèdre le surprend.* J'observais de près la couleur de ses yeux.

HALI, *tirant Dom Pèdre.* Seigneur, j'ai reçu un soufflet[2] : vous savez ce qu'est un soufflet, lorsqu'il se donne à main ouverte, sur le beau milieu de la joue. J'ai ce soufflet fort sur le cœur ; et je suis dans l'incertitude si, pour me venger de l'affront, je dois me battre avec mon homme, ou bien le faire assassiner.

DOM PÈDRE. Assassiner, c'est le plus sûr et le plus court chemin. Quel est votre ennemi ?

HALI. Parlons bas, s'il vous plaît.

ADRASTE *se met aux genoux d'Isidore, pendant que Dom Pèdre parle à Hali.* Oui, charmante Isidore, mes regards vous le disent depuis plus de deux mois, et vous les avez entendus : je vous aime plus que tout ce que l'on peut aimer, et je n'ai point d'autre pensée, d'autre but, d'autre passion, que d'être à vous toute ma vie.

---

1. **Consommé :** savant, expert.
2. **Soufflet :** gifle.

Isidore. Je ne sais si vous dites vrai, mais vous persuadez.

Adraste. Mais vous persuadé-je jusqu'à vous inspirer quelque peu de bonté pour moi ?

Isidore. Je ne crains que d'en trop avoir.

Adraste. En aurez-vous assez pour consentir, belle Isidore, au dessein que je vous ai dit ?

Isidore. Je ne puis encore vous le dire.

Adraste. Qu'attendez-vous pour cela ?

Isidore. À me résoudre.

Adraste. Ah ! quand on aime, on se résout bientôt.

Isidore. Hé bien ! allez, oui, j'y consens.

Adraste. Mais consentez-vous, dites-moi, que ce soit dès ce moment même ?

Isidore. Lorsqu'on est une fois résolu sur la chose, s'arrête-t-on sur le temps ?

Dom Pèdre, *à Hali.* Voilà mon sentiment, et je vous baise les mains.

Hali. Seigneur, quand vous aurez reçu quelque soufflet, je suis homme aussi de conseil, et je pourrai vous rendre la pareille.

Dom Pèdre. Je vous laisse aller sans vous reconduire ; mais, entre cavaliers, cette liberté est permise.

Adraste. Non, il n'est rien qui puisse effacer de mon cœur les tendres témoignages… *(À Dom Pèdre, apercevant Adraste qui parle de près à Isidore.)* Je regardais ce petit trou qu'elle a au côté du menton, et je croyais d'abord que ce fût une tache. Mais c'est assez pour aujourd'hui, nous finirons une autre fois. *(Parlant à Dom Pèdre.)* Non, ne regardez rien encore ; faites serrer cela[1], je vous prie. *(À Isidore.)* Et vous, je vous conjure de ne vous relâcher point, et de garder un esprit gai, pour le dessein que j'ai d'achever notre ouvrage.

Isidore. Je conserverai pour cela toute la gaieté qu'il faut.

---

1. **Faites serrer cela :** mettez le portrait en lieu sûr.

Scène 13 DOM PÈDRE, ISIDORE

ISIDORE. Qu'en dites-vous ? Ce gentilhomme me paraît le plus civil du monde, et l'on doit demeurer d'accord que les Français ont quelque chose en eux de poli, de galant, que n'ont point les autres nations.

DOM PÈDRE. Oui ; mais ils ont cela de mauvais, qu'ils s'émancipent un peu trop[1], et s'attachent, en étourdis, à conter des fleurettes[2] à tout ce qu'ils rencontrent.

ISIDORE. C'est qu'ils savent qu'on plaît aux dames par ces choses.

DOM PÈDRE. Oui ; mais, s'ils plaisent aux dames, ils déplaisent fort aux messieurs ; et l'on n'est point bien aise de voir, sur sa moustache[3], cajoler[4] hardiment[5] sa femme ou sa maîtresse.

ISIDORE. Ce qu'ils en font n'est que par jeu.

Scène 14 CLIMÈNE, DOM PÈDRE, ISIDORE

CLIMÈNE, *voilée.* Ah ! Seigneur cavalier, sauvez-moi, s'il vous plaît, des mains d'un mari furieux dont je suis poursuivie. Sa jalousie est incroyable, et passe[6], dans ses mouvements, tout ce qu'on peut imaginer. Il va jusques à vouloir que je sois toujours voilée ; et pour m'avoir trouvée le visage un peu découvert, il a mis l'épée à

1. **Ils s'émancipent un peu trop :** ils prennent un peu trop de libertés.
2. **Conter des fleurettes :** tenir des propos galants, séduire.
3. **Sur sa moustache :** sous sa barbe.
4. **Cajoler :** avoir des mots tendres pour une personne.
5. **Hardiment :** insolemment.
6. **Passe :** dépasse.

la main, et m'a réduite à me jeter chez vous, pour vous demander votre appui contre son injustice. Mais je le vois paraître. De grâce, Seigneur cavalier, sauvez-moi de sa fureur.

DOM PÈDRE. Entrez là-dedans avec elle, et n'appréhendez rien[1].

Scène 15 ADRASTE, DOM PÈDRE

DOM PÈDRE. Hé quoi ? Seigneur, c'est vous ? Tant de jalousie pour un Français ? Je pensais qu'il n'y eût que nous qui en fussions capables.

ADRASTE. Les Français excellent toujours dans toutes les choses qu'ils font ; et quand nous nous mêlons d'être jaloux, nous le sommes vingt fois plus qu'un Sicilien. L'infâme[2] croit avoir trouvé chez vous un assuré[3] refuge ; mais vous êtes trop raisonnable pour blâmer[4] mon ressentiment[5]. Laissez-moi, je vous prie, la traiter comme elle mérite.

DOM PÈDRE. Ah ! de grâce, arrêtez. L'offense est trop petite pour un courroux si grand.

ADRASTE. La grandeur d'une telle offense n'est pas dans l'importance des choses que l'on fait : elle est à transgresser les ordres qu'on nous donne[6] ; et sur de pareilles matières, ce qui n'est qu'une bagatelle[7] devient fort criminel lorsqu'il est défendu.

---

1. **N'appréhendez rien :** ne craignez rien.
2. **Infâme :** personne indigne et de mauvaise réputation.
3. **Assuré :** sûr, certain.
4. **Blâmer :** désapprouver, condamner.
5. **Ressentiment :** rancune.
6. **Elle est à transgresser les ordres qu'on nous donne :** l'importance de l'offense est due au non-respect des règles.
7. **Bagatelle :** affaire sans importance.

Dom Pèdre. De la façon qu'elle a parlé, tout ce qu'elle en a fait a été sans dessein ; et je vous prie enfin de vous remettre bien ensemble.

Adraste. Hé quoi ? vous prenez son parti, vous qui êtes si délicat sur ces sortes de choses ?

Dom Pèdre. Oui, je prends son parti ; et si vous voulez m'obliger, vous oublierez votre colère, et vous vous réconcilierez tous deux. C'est une grâce que je vous demande ; et je la recevrai comme un essai de l'amitié que je veux qui soit entre nous.

Adraste. Il ne m'est pas permis, à ces conditions, de vous rien refuser : je ferai ce que vous voudrez.

Scène 16 Climène, Adraste, Dom Pèdre

Dom Pèdre. Holà ! venez. Vous n'avez qu'à me suivre, et j'ai fait votre paix. Vous ne pouviez jamais mieux tomber que chez moi.

Climène. Je vous suis obligée plus qu'on ne saurait croire ; mais je m'en vais prendre mon voile : je n'ai garde, sans lui, de paraître à ses yeux.

Dom Pèdre. La voici qui s'en va venir ; et son âme, je vous assure, a paru toute réjouie lorsque je lui ai dit que j'avais raccommodé tout.

Scène 17 Isidore, *sous le voile de* Climène, Adraste, Dom Pèdre

Dom Pèdre. Puisque vous m'avez bien voulu donner votre ressentiment, trouvez bon qu'en ce lieu je vous fasse toucher dans la main l'un de l'autre, et que tous deux je vous conjure[1] de vivre, pour l'amour de moi, dans une parfaite union.

ADRASTE. Oui, je vous le promets, que, pour l'amour de vous, je m'en vais, avec elle, vivre le mieux du monde.

DOM PÈDRE. Vous m'obligez sensiblement, et j'en garderai la mémoire.

ADRASTE. Je vous donne ma parole, Seigneur Dom Pèdre, qu'à votre considération, je m'en vais la traiter du mieux qu'il me sera possible.

DOM PÈDRE. C'est trop de grâce que vous me faites. Il est bon de pacifier[2] et d'adoucir toujours les choses. Holà ! Isidore, venez.

Scène 18 CLIMÈNE, DOM PÈDRE

DOM PÈDRE. Comment ? que veut dire cela ?

CLIMÈNE, *sans voile.* Ce que cela veut dire ? Qu'un jaloux est un monstre haï de tout le monde, et qu'il n'y a personne qui ne soit ravi de lui nuire, n'y eût-il point d'autre intérêt ; que toutes les serrures et les verrous du monde ne retiennent point les personnes, et que c'est le cœur qu'il faut arrêter par la douceur et par la complaisance[3] ; qu'Isidore est entre les mains du cavalier qu'elle aime, et que vous êtes pris pour dupe[4].

---

1. **Je vous conjure :** je vous supplie.
2. **Pacifier :** apaiser.
3. **C'est le cœur qu'il faut arrêter par la douceur et par la complaisance :** l'amour s'obtient par des marques de douceur et de bienveillance.
4. **Dupe :** personne trompée à son insu.

Dom Pèdre. Dom Pèdre souffrira[1] cette injure mortelle ! Non, non : j'ai trop de cœur, et je vais demander l'appui de la justice, pour pousser le perfide[2] à bout. C'est ici le logis d'un sénateur. Holà !

Scène 19 Le sénateur, Dom Pèdre

Le sénateur. Serviteur, Seigneur Dom Pèdre. Que vous venez à propos !

Dom Pèdre. Je viens me plaindre à vous d'un affront qu'on m'a fait.

Le sénateur. J'ai fait une mascarade la plus belle du monde.

Dom Pèdre. Un traître de Français m'a joué une pièce[3].

Le sénateur. Vous n'avez, dans votre vie, jamais rien vu de si beau.

Dom Pèdre. Il m'a enlevé une fille que j'avais affranchie.

Le sénateur. Ce sont gens vêtus en Maures, qui dansent admirablement.

Dom Pèdre. Vous voyez si c'est une injure qui se doive souffrir.

Le sénateur. Des habits merveilleux, et qui sont faits exprès.

Dom Pèdre. Je vous demande l'appui de la justice contre cette action.

Le sénateur. Je veux que vous voyiez cela. On la va répéter, pour en donner le divertissement au peuple.

Dom Pèdre. Comment ? de quoi parlez-vous là ?

---

1. **Souffrira :** supportera.
2. **Perfide :** traître.
3. **M'a joué une pièce :** m'a joué un tour.

LE SÉNATEUR. Je parle de ma mascarade[1].

DOM PÈDRE. Je vous parle de mon affaire.

LE SÉNATEUR. Je ne veux point aujourd'hui d'autres affaires que de plaisir. Allons, Messieurs, venez : voyons si cela ira bien.

DOM PÈDRE. La peste soit du fou[2], avec sa mascarade !

LE SÉNATEUR. Diantre soit le fâcheux[3], avec son affaire !

Scène dernière

Plusieurs Maures font une danse, par où finit la comédie.

1. **Mascarade :** assemblée de gens masqués et déguisés ; bal masqué.
2. **La peste soit du fou :** malédiction adressée à un insensé.
3. **Diantre soit le fâcheux :** malédiction adressée à un casse-pieds. Le mot « diantre » désigne très familièrement le diable.

Clefs d'analyse

Le Sicilien
(Scènes 12 à 20)

Action et personnages

1. En quoi la ruse d'Hali consiste-t-elle scène 12 ? Le conseil que lui donne Dom Pèdre est-il surprenant ? Justifiez votre réponse.
2. Que réussit à obtenir Adraste d'Isidore dans la scène 12 ?
3. En quoi la ruse d'Adraste consiste-t-elle, scène 14 ? Quel double avantage présente le rôle de mari jaloux qu'il joue face à Dom Pèdre ?
4. Scène 16, à qui sont destinées les répliques de Dom Pèdre ?
5. Que se passe-t-il entre les scènes 17 et 18 ?
6. Isidore a-t-elle mis à exécution la menace implicite qu'elle avait adressée à Dom Pèdre dans la scène 6 ? Expliquez de quelle manière.
7. Quel personnage énonce la morale de la pièce à la fin de celle-ci ? Dans quelle scène précisément ?
8. Qu'est-ce qui caractérise le dialogue de la scène 19 ? Justifiez votre réponse.

Langue

9. Expliquez le double sens de la réplique d'Hali : « Seigneur, quand vous aurez reçu quelque soufflet, je suis homme aussi de conseil, et je pourrai vous rendre la pareille » (scène 12). Même question pour la dernière recommandation d'Adraste à Isidore (scène 12). Dans quel but Hali et son maître ont-il recours au double sens ?
10. « Ce qu'ils en font n'est que par jeu », déclare Isidore à Dom Pèdre dans la scène 13. Quel nom le pronom personnel « ils » remplace-t-il ? Expliquez ce qu'entend Isidore par « jeu ». La fin de la pièce lui donne-t-elle raison ?
11. Quelle figure de style Dom Pèdre emploie-t-il dans la phrase : « S'ils plaisent aux dames, ils déplaisent fort aux messieurs » ?

Clefs d'analyse **Le Sicilien** (Scènes 12 à 20)

Genre ou thèmes

12. En quoi Hali se déguise-t-il au début de la scène 12 ? En quoi s'est-il déjà déguisé ? De quelle origine étrangère sont deux autres personnages de cette pièce ? Quel est selon vous l'effet ainsi recherché par Molière ?
13. Que vous inspire cette réflexion d'Adraste : « les Français excellent dans toutes les choses qu'ils font ; et quand nous nous mêlons d'être jaloux, nous le sommes vingt fois plus qu'un Sicilien » ?

Écriture

14. Imaginez un personnage qui a recours à un déguisement afin d'obtenir quelque chose qu'il ne parvient pas obtenir autrement. Faites le récit de cette scène à la troisième personne en incluant des passages dialogués. Vous pouvez choisir de démasquer ou non l'imposteur à la fin du récit.
15. Rédigez un dialogue de sourds.

Pour aller plus loin

16. Faites une recherche documentaire sur la galanterie au XVIIe siècle et présentez votre travail sous la forme d'un exposé.
17. Cherchez des exemples de films qui sont des comédies musicales. Comparez avec *Le Sicilien* la manière dont les passages chantés et/ou dansés sont intégrés à l'intrigue.

✻ *À retenir*

Hali se travestit encore, Climène apparaît voilée, Adraste contrefait le jaloux et le piège se referme sur Dom Pèdre. Le voilà contraint par un artifice de blâmer son propre vice, la jalousie, tandis que s'évadent Isidore et Adraste. La morale est cruelle pour l'ennemi du plaisir. Jusqu'à la toute fin, son esprit de sérieux est moqué : même le sénateur ne pense qu'à sa mascarade.

Le genre

1. Reliez les titres des pièces au genre auquel elles correspondent :

Le Médecin volant •	• comédie-ballet
L'Amour médecin •	• tragédie
Le Sicilien ou l'Amour peintre •	• farce

2. Retrouvez les caractéristiques de chaque genre :

Caractéristiques	La comédie-ballet	La tragédie	La farce
Elle met en scène des personnages issus de milieux populaires.			
Elle met en scène des personnages illustres.			
Elle contient des passages chantés et dansés.			
Elle repose essentiellement sur le comique de gestes.			
Elle adopte un ton volontiers familier, voire grossier.			
C'est un genre inventé par Molière.			
Elle suscite la terreur et la pitié du spectateur.			

Molière

Cochez la ou les bonnes réponses :

1. Molière était :

comédien ☐ auteur ☐ directeur de troupe ☐

2. Molière a épousé :

Madeleine Béjart ☐ Armande Béjart ☐

3. La troupe de Molière s'appelait :

L'Illustre-Théâtre ☐ L'Illusion comique ☐

4. La troupe de Molière a reçu la protection :

de la reine ☐ du frère du roi ☐ du roi ☐

5. Molière est mort après une représentation du :

Médecin volant ☐ *Médecin malgré lui* ☐ *Malade imaginaire* ☐

Les personnages

1. Retrouvez dans quelle(s) pièces(s) figurent ces personnages :

Personnages	*Le Médecin volant*	*L'Amour médecin*	*Le Sicilien ou l'Amour peintre*
Sganarelle			
Hali			
Valère			
Isidore			
Lucile			
Lucinde			
Adraste			
Lisette			
Gorgibus			
Dom Pèdre			
Gros-René			
Clitandre			
Filerin			

2. Cochez la (ou les) bonne(s) réponse(s) :

a. Dans *Le Médecin volant*, Sabine est la nièce de :
Lucile ☐ Gorgibus ☐ Valère ☐

b. Dans *Le Médecin volant*, Sganarelle est le valet de :
Lucile ☐ Gorgibus ☐ Valère ☐

c. Dans *Le Médecin volant*, Gros-René est le valet de :
Gorgibus ☐ Sganarelle ☐ Valère ☐

d. Dans *Le Médecin volant*, Lucile est amoureuse de :
Gorgibus ☐ Sganarelle ☐ Valère ☐

e. Dans *Le Médecin volant*, Sganarelle est :
lourdaud ☐ rusé ☐ fier ☐

f. Dans *Le Médecin volant*, Gorgibus est :
crédule ☐ malin ☐ tyrannique ☐

g. Dans *Le Médecin volant*, l'avocat est :
pédant ☐ flatteur ☐ vaniteux ☐

h. Dans *L'Amour médecin*, Lisette est :
la fille de Sganarelle ☐
la suivante de Lucinde ☐
la sœur de Clitandre ☐

i. Dans *L'Amour médecin*, Lucinde est :
la fille de Sganarelle ☐
la femme de Sganarelle ☐
la femme de Clitandre ☐

j. Dans *L'Amour médecin*, Clitandre est :
le fils de Sganarelle ☐
le maître de Sganarelle ☐
amoureux de Lucinde ☐

k. Dans *L'Amour médecin*, M. Macroton et M. Bahys sont :
collègues ☐ frères ☐ cousins ☐

l. Dans *L'Amour médecin*, M. Filerin est :
notaire ☐ médecin ☐ opérateur ☐

m. Dans *L'Amour médecin*, Sganarelle est un père :
attentif ☐ intransigeant ☐ indulgent ☐

n. Dans *L'Amour médecin*, Lisette est :
rusée ☐ soumise ☐ colérique ☐

o. Dans *Le Sicilien*, Adraste est :
le mari d'Isidore ☐ le frère d'Isidore ☐ le maître d'Hali ☐

p. Dans *Le Sicilien*, Adraste est :
un bourgeois ☐ un gentilhomme ☐ un berger ☐

q. Dans *Le Sicilien*, Dom Pèdre est :
le père d'Isidore ☐ le mari d'Isidore ☐ le Sicilien ☐

r. Dans *Le Sicilien*, Isidore est :
une esclave affranchie par Dom Pèdre ☐
une esclave amoureuse de son maître ☐
une femme libre d'esprit ☐

s. Dans *Le Sicilien*, Climène est :
la sœur d'Adraste ☐
la femme d'Adraste ☐
un déguisement d'Hali ☐

t. Dans *Le Sicilien*, Hali est :
fier de lui ☐
amoureux d'Isidore ☐

u. Dans *Le Sicilien*, Dom Pèdre est :
jaloux ☐ colérique ☐ peureux ☐

L'action

1. Retrouvez dans quelle(s) pièces(s) se déroulent ces actions :

Actions	*Le Médecin volant*	*L'Amour médecin*	*Le Sicilien*
Une jeune femme refuse le mariage que veut lui imposer son père.			
Une jeune femme se fait passer pour malade.			
Un homme désespère de ne pouvoir parler à la jeune femme qu'il aime.			
Un homme revêt un déguisement pour approcher la jeune femme qu'il aime.			
Un personnage joue le rôle d'un faux médecin.			
Un valet vient en aide à son maître.			
Une suivante vient en aide à sa maîtresse.			
Un père inquiet de l'état de sa fille reçoit plusieurs médecins.			
Des chants sont mis au service d'une ruse.			
Un valet endosse plusieurs rôles.			
Un faux médecin ausculte le père au lieu de la fille.			
À la fin de la pièce, la ruse échoue.			
La pièce se conclut par un mariage.			
À la fin de la pièce, le couple d'amoureux s'enfuit.			

2. Cochez la (ou les) bonne(s) réponse(s) :

a. Dans *Le Médecin volant*, Lucile veut épouser :
Sganarelle ☐ Valère ☐ Villebrequin ☐

b. Dans *Le Médecin volant*, Sganarelle se fait passer pour :
un médecin ☐ un médecin et son frère ☐
un médecin, son frère, et l'amant de Lucile ☐

c. Dans *Le Médecin volant*, Sganarelle se fait passer pour un médecin :
afin que Lucile puisse échapper à la surveillance de son père ☐
pour jouer un tour à son maître ☐
pour soigner Gorgibus ☐

d. Dans *Le Médecin volant*, l'avocat vient rendre visite à Gorgibus :
pour le mariage de Lucile ☐ parce que Lucile est malade ☐
afin de rencontrer le fameux médecin qui soigne Lucile ☐

e. Dans *Le Médecin volant*, Gros-René :
est au courant de la ruse de Sganarelle depuis le début ☐
ignore sa ruse du début à la fin ☐
comprend sa ruse vers la fin ☐

f. Dans *L'Amour médecin,* Sganarelle :
veut que sa fille épouse Clitandre ☐
refuse que sa fille épouse Clitandre ☐
veut que sa fille épouse un médecin ☐

g. Dans *L'Amour médecin,* Lisette veut :
aider sa maîtresse ☐
se venger de Sganarelle ☐
épouser Clitandre ☐

h. Dans *L'Amour médecin,* Lucinde veut :
échapper au mariage que lui impose son père ☐
faire plaisir à son père ☐
épouser Clitandre ☐

i. Dans *L'Amour médecin,* la ruse du faux médecin est imaginée par :
Lucinde ☐
Lisette ☐
Clitandre ☐

j. Dans *L'Amour médecin*, Lucinde est guérie de sa mélancolie :
grâce aux médecins □
grâce à l'orviétan □
grâce à la ruse du faux médecin □

k. À la fin du *Médecin volant* et de *L'Amour médecin*, le mariage des amoureux :
obtient le consentement du père de la jeune femme □
est réprouvé par le père de la jeune femme □
obtient le consentement de Gorgibus mais non celui de Sganarelle □

l. Dans *Le Sicilien*, Hali se déguise :
en Sicilien et en Espagnol □
en Espagnol et en Turc □
en Turc et en Sicilien □

m. Dans *Le Sicilien*, pour s'adresser à Isidore, Adraste :
lui chante une sérénade □
lui écrit une lettre □
se fait passer pour un peintre □

n. Dans *Le Sicilien*, Isidore :
se laisse séduire par Adraste □
résiste à la galanterie d'Adraste □
est indifférente aux discours d'Adraste □

o. Dans *Le Sicilien*, Dom Pèdre :
prend la défense d'Adraste □
prend la défense de Climène □
prend la défense d'Isidore □

p. Dans *Le Sicilien*, Dom Pèdre :
cherche le soutien du sénateur □
apprécie la mascarade du sénateur □
ne parvient pas à convaincre le sénateur de l'aider □

Citations

1. Dans *Le Médecin volant*, qui a dit :

a. « Il n'y a rien de si facile à duper que le bonhomme. »
b. « Je vous réponds que je ferai aussi bien mourir une personne qu'aucun médecin qui soit en ville. »
c. « Que diable aussi ! Pourquoi vouloir donner votre fille à un vieillard ? »
d. « Hé ! Ce n'est pas lui qui est malade, c'est sa fille. »
e. « Ayant appris la maladie de Mademoiselle votre fille, je vous suis venu témoigner la part que j'y prends. »
f. « S'il fût demeuré tant soit peu davantage, je l'allais mettre sur une matière sublime et relevée. »
g. « Ne connaissez-vous pas un médecin qui est arrivé depuis peu dans cette ville, qui fait des cures admirables ? »
h. « Monsieur, vous voulez désespérer ce pauvre garçon ? »
i. « Ah ! mon pauvre garçon ! que je t'ai d'obligation ! que j'ai de joie ! »
j. « Le nuage est fort épais, et j'ai bien peur que, s'il vient à crever, il ne grêle sur mon dos force coups de bâton. »
k. « Qui diable pensez-vous qui soit chez vous à présent ? »

2. Dans *L'Amour médecin*, qui a dit :

a. « Je n'avais qu'une femme, qui est morte. »
b. « Aimerais-tu quelqu'un et souhaiterais-tu d'être mariée ? »
c. « Mon père, puisque vous voulez que je vous dise la chose. »
d. « Il n'y a point de pires sourds que ceux qui ne veulent pas entendre. »
e. « A-t-on jamais rien vu de si tyrannique que cette coutume où l'on veut assujettir les pères ? »
f. « Hippocrate dira ce qu'il lui plaira, mais le cocher est mort. »
g. « Mon-sieur, dans ces. ma-ti-è-res-là, il faut pro-cé-der a-vec-que cir-con-spec-ti-on. »
h. « Il faut que j'aille acheter de l'orviétan, et que je lui en fasse prendre. »
i. « Le plus grand faible des hommes, c'est l'amour qu'ils ont pour la vie ; et nous en profitons, nous autres, par notre pompeux galimatias. »
j. « L'homme à qui nous avons affaire n'est pas des plus fins de ce monde. »

k. « Je vous amène un médecin, mais un médecin d'importance, qui fait des cures merveilleuses, et qui se moque des autres médecins. »
l. « Voilà un médecin qui a la barbe bien jeune. »
m. « La grande joie où je suis étouffe toutes mes paroles. »
n. « Mais vous, serez-vous ferme dans les résolutions que vous avez montrées ? »
o. « Oh ! la folle ! Oh ! la folle ! Oh ! la folle ! »
p. « Vous avez cru faire un jeu, qui demeure une vérité. »

3. Dans *Le Sicilien*, qui a dit :
a. « Le ciel s'est habillé ce soir en Scaramouche. »
b. « Que diantre veux-tu dire avec ton beau bécarre ? »
c. « Holà ! Francisque, Dominique, Simon, Martin, Pierre, Thomas, Georges, Charles, Barthélemy. »
d. « Il ne sera pas dit qu'on triomphe de mon adresse ; ma qualité de fourbe s'indigne de tous ces obstacles. »
e. « Quoi qu'on en puisse dire, la grande ambition des femmes est, croyez-moi, d'inspirer de l'amour. »
f. « Oui, jaloux de ces choses-là, mais jaloux comme un tigre, et, si vous voulez, comme un diable. »
g. « Voici une chanson nouvelle, qui est du temps. »
h. « Elle sera notre femme, la chose est résolue. Il faut que j'y périsse, ou que j'en vienne à bout. »
i. « La manière de France est bonne pour vos femmes ; mais pour les nôtres, elle est un peu trop familière. »
j. « Si votre pinceau flatte autant que votre langue, vous allez me faire un portrait qui ne me ressemblera pas. »
k. « Le nez me semble un peu trop gros. »
l. « Je suis Dom Gilles d'Avalos, et l'histoire d'Espagne doit vous avoir instruit sur mon sujet. »
m. « Et vous, je vous conjure de ne vous relâcher point, et de garder un esprit gai, pour le dessein que j'ai d'achever notre ouvrage. »
n. « De grâce, Seigneur cavalier, sauvez-moi de sa fureur. »
o. « L'offense est trop petite pour un courroux si grand. »
p. « Dom Pèdre souffrira cette injure mortelle. »
q. « Je ne veux point aujourd'hui d'autres affaires que de plaisir. »

Les mots du XVIIe siècle

1. Faites correspondre chacun de ces mots à son synonyme moderne (certains mots peuvent avoir le même sens).

a. apothicaire
b. appas
c. billet
d. complexion
e. courroux
f. diantre
g. duper
h. embrasser
i. équipage
j. feux
k. fraise
l. fripon
m. frotter
n. galimatias
o. ire
p. ma mie
q. maroufle
r. souffrir
s. ouïr
t. passer
u. pendard
v. rondache
w. sol
x. soufflet

- bouclier
- charmes
- supporter
- col plissé
- colère
- coquin, malhonnête
- costume
- frapper
- diable
- discours embrouillé
- dépasser
- entendre
- sou
- gifle
- lettre
- lourdaud
- mon amie
- passion
- pharmacien
- serrer dans ses bras
- tempérament
- tromper

2. Parmi ces mots qui appartiennent au champ lexical de la médecine et de la maladie, soulignez ceux qui ne se rapportent pas au XVIIe siècle :

antibiotique – cautère – cancer – comprimé – émétique – fièvre – fluxion de poitrine – goutte – humeurs – julep – lavement – orviétan – purgation – radio – saignée – stéthoscope – thermomètre – vaccin

3. Les mots de ces expressions du XVIIe siècle se sont mélangés. Reconstituez les véritables expressions et faites les correspondre à leur sens.

« Après la mort, les fleurettes. »
« La peste est bridée. »
« Conter des becs jaunes. »
« Mort soit le fâcheux du fou ! »
« Montrer à quelqu'un son médecin. »
« Diantre soit le diable ! »
« Je me dédonne à droite. »
« Je ne prendrai pas la bécasse avec vous. »

La fiancée est mariée.
Je m'incline devant vous.
Je me donne au diable.
Maudit soit cet insensé !
Prouver à quelqu'un son ignorance.
Séduire quelqu'un.
Que ce casse-pieds aille au diable !
Le remède est apporté trop tard.

4. Retrouvez la langue dont est issu le nom de chacun de ces personnages :

Dom Pèdre •	• espagnol
Gorgibus •	• français
Lisette •	• grec
Macroton •	• italien
Sganarelle •	• latin

En savoir plus sur : **www.petitsclassiqueslarousse.com**

Portrait de Jean-Baptiste Poquelin, dit Molière.
Gravure d'Audran d'après Pierre Mignard (XVIIe siècle).

POUR APPROFONDIR

POUR APPROFONDIR

Thèmes et prolongements

✣ Les personnages

Trois types de personnages sont récurrents dans ces pièces. Les amoureux : stéréotypés dans la farce, ils prennent davantage d'initiatives dans les comédies-ballets. Les serviteurs : ils tirent les ficelles, la suivante plus encore que les valets. Et des figures de l'autorité : un père ou un mari intransigeant, et finalement berné.

Les amoureux transis

Au cœur des trois intrigues réside le désir contrarié d'une jeune femme. Dans *Le Médecin volant* et *L'Amour médecin*, Lucile et Lucinde recourent à la traditionnelle feinte de la comédie italienne en se faisant passer pour malades auprès de leur père. Leur rôle reste néanmoins secondaire : Lucile n'apparaît que dans deux scènes et Lucinde est totalement absente de l'acte II. Dans *Le Sicilien*, Isidore avance moins masquée : elle se présente d'emblée comme une coquette et, loin de cacher à Dom Pèdre son désir de plaire, elle le revendique haut et fort. Doublement affranchie, de sa condition d'esclave puis de celle d'épouse recluse, elle s'émancipe aussi des personnages d'amoureuses stéréotypés propres à la commedia dell'arte.

D'une pièce à l'autre, l'amoureux insatisfait acquiert lui aussi davantage d'autonomie. Dans *Le Médecin volant*, Valère se contente d'exécuter le plan de Sabine et de confier à son valet le rôle du faux médecin. Dans *L'Amour médecin*, conseillé par Lisette, Clitandre endosse lui-même ce rôle. Mais face à la jeune femme qu'il aime, son émotion « étouffe toutes ses paroles » (III, 6). Le plus vaillant est sans conteste Adastre dans *Le Sicilien*. Il prend l'initiative de se faire passer pour un peintre et manie le langage de la galanterie avec brio. C'est qu'il n'est pas bourgeois mais gentilhomme.

Les valets rusés

Les amoureux peuvent compter sur le soutien de leur valet ou de leur suivante. Ce sont eux les véritables artisans de la ruse. Bien que

Pour approfondir

le Sganarelle du *Médecin volant* soit présenté comme « lourdaud » et que, dans *Le Sicilien,* Hali paraisse d'emblée plaintif (scène 1) et poltron (scène 5), tous deux font preuve d'une grande ingéniosité. Mais si, dans *Le Médecin volant,* Sganarelle rattrape son manque de finesse par une virtuosité de plus en plus étourdissante, c'est parce que sa vanité est sans cesse provoquée. Il s'agit de « faire voir que Sganarelle est le roi des fourbes » (scène 14). Hali n'est pas moins fier, lui qui « prétend faire éclater les talents qu'[il a] eus du Ciel » (scène 5). Comme souvent chez Molière, les valets sont des pantins agis par leur propre vanité, et c'est la suivante qui sort son épingle du jeu. À la différence de Sganarelle qui, dans *Le Médecin volant,* n'accepte de venir au secours de son maître que parce qu'il est rémunéré (scène 2), Lisette, dans *L'Amour médecin,* prend l'initiative d'aider sa maîtresse par « tendresse charitable » (III, 3). Dotée d'un solide bon sens, volontiers impertinente avec les médecins, elle prend aussi plaisir à corriger un maître tyrannique.

Les pères et le mari bernés

Les figures de l'autorité représentent donc l'obstacle à surmonter. Elles sont incarnées par les pères bourgeois du *Médecin volant* et de *L'Amour médecin*. Dans *Le Médecin volant,* Gorgibus est plus naïf qu'autoritaire. Personnage de farce très typé, c'est à peine s'il s'étonne que le médecin avale l'urine de sa fille (scène 4) ou ne sache pas écrire (scène 5). Sa volonté de réconcilier le faux médecin et son frère ainsi que son revirement final révèlent d'ailleurs son caractère inoffensif. Dans *L'Amour médecin,* Sganarelle est un personnage de père plus complexe : roué, tyrannique et de mauvaise foi. Il peut cependant se montrer bien crédule, n'hésitant pas à croire aux remèdes miracles (acte II, scènes 6 et 7).

Quant au mari « jaloux comme un tigre » du *Sicilien*, il se conduit avec sa femme en père autoritaire davantage qu'en amant attentionné. Il réduit l'amour à la possession. Malgré le titre de noblesse de Dom Pèdre, c'est un vice bourgeois que dénonce Molière sans relâche, l'opposant à l'attraction naturelle des amoureux véritables.

La mise en scène d'une tromperie

Face à un pouvoir autoritaire et contraignant, Molière privilégie le recours aux tromperies. Elles sont au service de la jubilation du spectateur. Mais elles ont aussi pour fonction de rétablir l'ordre naturel des sentiments et de révéler l'aveuglement d'un père ou d'un mari. De la farce à la comédie-ballet, la comédie de Molière devient de plus en plus morale.

Feintes et travestissements

Fidèles aux canevas de la farce et de la commedia dell'arte, les trois pièces mettent en scène une tromperie. Il s'agit de trouver un moyen de rapprocher les amoureux sans éveiller les soupçons du père ou du mari jaloux. Les ruses choisies reposent alors sur des feintes et des travestissements : dans *Le Médecin volant* et *L'Amour médecin,* une jeune femme simule la maladie et un imposteur (valet ou prétendant) contrefait le médecin ; dans *Le Sicilien,* le prétendant se fait passer pour peintre.

Molière s'emploie alors à rendre la tâche du trompeur difficile, en multipliant les embûches qui menacent de révéler l'illusion. Dans *Le Médecin volant,* ces rôles échoient à l'avocat (scène 8) ainsi qu'à Gros-René, qui a compris que Sganarelle et Narcisse ne faisaient qu'un (scène 15). Le risque d'être démasqué oblige le fourbe à déployer des trésors d'ingéniosité pour le plus grand plaisir du spectateur. De fait, *Le Sicilien* offre un véritable festival de tromperies en s'appuyant sur les ressources multiples de la comédie-ballet. Deux chants, les déguisements d'Hali en Turc puis en Espagnol, l'apparition de Climène voilée, la mascarade finale : tous les moyens sont bons pour révéler l'amour d'Adraste à Isidore en trompant la vigilance de Dom Pèdre. Les ruses célèbrent donc la comédie sous toutes ses formes.

La vérité des sentiments

Mais au-delà du plaisir gratuit du jeu, ces feintes et ces déguisements recèlent une part de vérité. Les deux jeunes femmes qui feignent d'être malades souffrent bel et bien que leurs sentiments ne soient pas reconnus par leur père. D'ailleurs si, dans *L'Amour médecin,* Lucinde prétend avoir perdu l'usage de la parole, c'est que, de toute façon, son père refuse de l'entendre (I, 3).

De leur côté, Clitandre et Adraste sont l'un comme l'autre au désespoir de ne pouvoir parler à la femme qu'ils aiment. Or, c'est seulement sous le costume de médecin (*L'Amour médecin,* III, 6) ou de peintre (*Le Sicilien,* scènes 11 et 12) qu'ils y parviennent. Le déguisement de leur identité leur offre donc la liberté d'exprimer enfin ce qu'ils ressentent.

Ainsi, pour fausses qu'elles soient, toutes ces tromperies s'évertuent à révéler la vérité des sentiments. Dans la dernière scène de *L'Amour médecin,* Sganarelle, qui croit célébrer un faux mariage entre sa fille et Clitandre, est plaisamment corrigé par Lisette : « vous avez cru faire un jeu, qui demeure une vérité ».

Les masques tombent

Les tromperies visent en effet aussi à mettre au jour l'aveuglement des pères ou du mari. Elles révèlent les illusions dont sont victimes Gorgibus et Sganarelle, ces pères bourgeois qui n'hésitent pas à accorder leur confiance à des médecins pourvu qu'ils portent l'habit et qu'ils manient une langue prétendument savante. Elles rendent éclatante la mauvaise foi de Sganarelle, qui donne du « grand savant » à Clitandre pour la simple raison qu'il a l'intelligence de dire au père méfiant exactement ce qu'il rêve d'entendre (*L'Amour médecin,* III, 6).

En outre, les ruses démasquent ces hommes qui s'obstinent à opposer à l'ordre naturel des attachements sincères leur désir de contrôle et de toute-puissance. C'est ainsi que Dom Pèdre se trouve placé face à ses contradictions : il défend Climène, soi-disant soumise à la féroce jalousie d'un mari (*Le Sicilien,* scène 15), sans voir que lui-même fait subir un sort semblable à Isidore.

Le faux se met ainsi au service du vrai. Et les tromperies ont une fonction morale, qui se précise d'œuvre en œuvre : mettre la vérité à nu.

✣ La satire des médecins

Molière s'emploie fréquemment à se moquer des médecins. Et pour cause : ceux de son époque n'étaient jamais très éloignés des charlatans. Que la satire soit traditionnelle comme dans la farce ou qu'elle vise directement ses contemporains comme dans *L'Amour médecin*, Molière oppose toujours à l'impuissance de la médecine un rire salutaire.

La médecine au temps de Molière

Le théâtre de Molière abonde en médecins ridicules et parfaitement inefficaces. Le Sganarelle du *Médecin volant* l'est bien évidemment, puisqu'il les parodie. Mais les vrais médecins de *L'Amour médecin* ne sont pas moins drôles, à l'exception de Filerin, qui théorise leur cynisme avec un sérieux inquiétant.

Molière avait de quoi se méfier des médecins. Il eut à déplorer la mort de deux fils en bas âge et d'au moins deux proches, le philosophe Gassendi et l'abbé Le Vayer, à la suite de traitements médicaux inappropriés. À partir de 1665, il souffrit d'une fluxion de poitrine (pneumonie) qui devait l'emporter lors d'une représentation du *Malade imaginaire.* Il est difficile d'imaginer aujourd'hui à quel point le pouvoir réel de la médecine était alors limité. Les soins se réduisaient souvent à des saignées ou à des purges. La profession médicale exerçait son pouvoir autrement : en frappant les esprits de noms de maladie étranges et de références obscures.

Au siècle de Louis XIV, il était donc d'usage de se moquer des médecins. Leur costume noir, leurs accessoires, leur jargon étaient une mine d'inspiration pour les acteurs. Sur le Pont-Neuf, où Molière, enfant, allait assister aux spectacles, des charlatans s'associaient parfois aux numéros des bateleurs, jongleurs et autres farceurs. Les comédiens les aidaient à profiter de la crédulité des badauds. C'est là que l'on vendait l'orviétan, ce remède prétendument miracle que Sganarelle va chercher dans *L'Amour médecin* (II, 7).

Évolution de la satire

Dans *Le Médecin volant*, la satire de la médecine n'est qu'un motif récurrent de la farce. Figure traditionnelle de la comédie, le faux médecin se lance dans des démonstrations absurdes, livre des citations inadaptées, parle un latin de cuisine (scènes 4, 5 et 8). Il reprend ainsi en les amplifiant les caractéristiques du pédant, ce faux savant mis à la mode par la commedia dell'arte sous le nom du Docteur.
La satire est plus virulente dans *L'Amour médecin*. Elle vise en effet très directement de célèbres médecins en charge de la famille royale : des Fougerais, Esprit, d'Aquin, Guénaut et Yvelin. Ils sont dissimulés derrière des noms construits à partir de racines grecques qui les caricaturent habilement : des Fonandrès signifie le tueur d'hommes ; Bahys, l'aboyeur ; Macroton, celui qui parle lentement ; Tomès, le saigneur ; Filerin, l'ami de la discorde. Et le diagnostic différent que chacun établit à propos de Lucinde (II, 4) rappelle les désaccords réels des quatre médecins qui sévirent au chevet du cardinal Mazarin.
À leur incompétence et leur verbiage, Molière oppose le franc-parler de Lisette : « N'est-ce pas assez d'un [médecin] pour tuer une personne ? » (II, 1). Quant au Sganarelle du *Médecin volant*, il n'est pas moins avisé, lui qui déclare : « Je ferai aussi bien mourir une personne qu'aucun médecin qui soit dans la ville » (scène 2).

Guérir par le rire

Si Molière ne se fie guère aux vertus de la médecine, il croit en revanche à celles du théâtre. Ses pièces s'emploient en effet à corriger nos maux les plus sournois, les maux de l'âme. Qu'il s'agisse de dénoncer l'hypocrisie et la pédanterie des médecins, ou la crédulité d'un Gorgibus ou d'un Sganarelle qui leur accordent aveuglément leur confiance, le rire a pour Molière cette saine fonction de « châtier les mœurs ». À l'obsession maladive de Dom Pèdre à la fin du *Sicilien* répond l'innocente gaieté de la mascarade.
La Comédie, le Ballet et la Musique le chantent à l'unisson dans la dernière scène de *L'Amour médecin* : « Sans nous tous les hommes/Deviendraient mal sains/Et c'est nous qui sommes/Leurs grands médecins. »

✣ Les formes de comique

Molière exploite avec génie les différentes formes de comique : de gestes, de mots, de situation ou de caractère. Distinguons-les pour les analyser, mais n'oublions pas que l'efficacité comique naît souvent de la superposition de plusieurs d'entre elles.

Le comique de gestes

La farce, qui accorde une place prépondérante au corps, privilégie cette forme de comique particulièrement visuelle. Ainsi, dans *Le Médecin volant,* Sganarelle boit de l'urine (scène 4), saute par la fenêtre (scène 14), enlève et remet fraise et chapeau (scène 15). À la fin de la scène 8, lorsqu'il refuse d'être payé par Gorgibus, certaines éditions contiennent une didascalie précisant que le fourbe s'empare tout de même de l'argent, son geste contredisant sa parole.
Le comique de gestes doit bien entendu beaucoup aux comédiens. À ce titre, il ne faut pas oublier la part d'improvisation que leur accorde la comédie. Les révérences d'Hali au début de la scène 7 du *Sicilien* sont ainsi riches en développements possibles. Et nul doute que Molière jouant Sganarelle amusait par sa gestuelle en dansant sur « la lera la la » dans *L'Amour médecin* (III, 4).

Le comique de mots

Quant aux paroles de cette chansonnette, ce n'est certes pas leur sens mais leur musique qui en produit l'effet comique. Il en va de même pour la langue imaginaire de la chanson d'Hali dans *Le Sicilien* (scène 8). La farce se délecte d'ailleurs de l'invention verbale : galimatias de Gros-René (scène 3), charabia et latin de cuisine de Sganarelle (scènes 4 et 8) dans *Le Médecin volant.*
La comédie-ballet, elle, affectionne les répétitions musicales de mots et les jeux de rythme avec la parole (*Le Médecin volant,* acte I, scènes 2 et 6). Amusez-vous à dire une phrase très lentement ou très vite, et vous percevrez la drôlerie de M. Macroton et de M. Bahys dans *L'Amour médecin.*

Le comique de mots peut également naître du décalage des registres. Ainsi, dans *Le Sicilien,* la remarque triviale de Dom Pèdre : « le nez me semble un trop gros » contraste avec le registre soutenu du dialogue galant entre Isidore et Adraste (scène 11).

Le comique de situation

La situation comique doit pour sa part au talent de l'auteur dramatique. Le quiproquo en est un exemple classique : dans *Le Médecin volant,* Sganarelle ausculte le père au lieu de la fille (scène 4). Le gag est si plaisant que Molière n'hésite pas à le reprendre dans *L'Amour médecin* (III, 5).
Outre la méprise, la surprise est aussi un ressort efficace de cette forme comique. Dans *Le Sicilien,* on s'attend à voir sortir la femme aimée et voilà que débarque le mari jaloux (scène 4). Le même Dom Pèdre s'entend traiter de tous les noms sans pouvoir réagir. Le fait qu'Hali et Adraste médisent sur lui sans savoir qu'il est derrière eux renforce la drôlerie.
C'est ainsi que le spectateur en sait plus que les personnages et s'amuse à leurs dépens. La scène 15 du *Médecin volant* développe avec brio ce ressort : le spectateur rit de l'ignorance de Gorgibus qui croit qu'il a affaire à deux personnages, mais il rit aussi de celle de Sganarelle qui ne sait pas que Gros-René l'a surpris.

Le comique de caractère

La crédulité de Gorgibus et la balourdise de Sganarelle font partie de la caractérisation traditionnelle de la farce. Or, Molière va s'employer progressivement à affiner le caractère de ses personnages pour mieux en dénoncer les travers. La dimension comique de la mauvaise foi de Sganarelle dans *L'Amour médecin* et de la méfiance obsessionnelle de Dom Pèdre dans *Le Sicilien* sert désormais l'intention morale de l'auteur.

✣ Les rôles de Molière

Molière l'auteur est indissociable de Molière l'acteur. Le personnage de Sganarelle qu'il s'est inventé par écrit et sur la scène dans pas moins de six pièces en est l'illustration éclatante. De Sganarelle à l'homme jaloux du *Sicilien,* Molière acteur n'a cessé d'approfondir sa palette comique.

Molière, auteur et comédien

Le travail d'auteur et celui d'acteur sont chez Molière profondément liés. Chef de troupe et auteur dramatique aguerri, Molière écrivait des rôles sur mesure pour ses comédiens et pour lui-même. Chaque pièce était pour lui l'occasion de chercher « son masque », c'est-à-dire le personnage qui allait le mieux s'ajuster à sa nature comique. Du jeu de Molière on sait bien entendu peu de chose, puisque ni la prise de son, ni la photographie, ni le cinéma n'existaient encore. On sait que le comédien italien Tiberio Fiorelli fut son maître. On sait aussi, d'après des témoignages de spectateurs, que Molière jouait les jambes arquées, roulait des yeux, qu'il animait volontiers ses sourcils et que sa voix pouvait partir dans des aigus impressionnants. On sait également qu'il reprochait aux comédiens de l'hôtel de Bourgogne leur déclamation emphatique. Tragédien contrarié, il a introduit le naturel dans le jeu des comédiens. La lecture des trois pièces permet tout au moins de saisir l'évolution des rôles qu'il s'est écrit.

Le premier Sganarelle

Molière, auteur et acteur, s'est créé un double qui l'a accompagné pendant près de vingt ans : le personnage de Sganarelle. Trois siècles plus tard, le cinéaste et comédien Charlie Chaplin fera de même avec Charlot. Le nom Sganarelle vient probablement de l'italien *zanni*, qui désignait les valets de la commedia dell'arte. Il naît dans *Le Médecin volant* et reparaîtra à six reprises : en bourgeois obsédé par la peur d'être cocu *(Sganarelle ou le Cocu imaginaire, L'École des maris, Le Mariage forcé)* ou d'être quitté par sa fille *(L'Amour médecin),* en valet

dans *Dom Juan,* et enfin dans *Le Médecin malgré lui* qui s'inspire du *Médecin volant.* Chaque fois, Molière créa le rôle sur scène.
Dans *Le Médecin volant,* Sganarelle est présenté comme un valet « lourdaud ». Il se révèle pourtant rusé et sans scrupules, au point de se faire passer pour un médecin, puis pour son frère jumeau, et de jouer les deux rôles presque simultanément. Molière s'est donc écrit un rôle de virtuose : capable de changer de costume en un instant, de modifier sa voix aussi vite et de faire montre d'une agilité extrême. À cette fin, il s'est sans doute souvenu du jeu très physique des comédiens masqués de la commedia dell'arte qu'il avait beaucoup observés. Sganarelle est une métaphore de l'acteur.

De Sganarelle au jaloux

Dix ans plus tard, Sganarelle le dupeur est devenu le dupé. Dans *L'Amour médecin,* il est un père obstiné qui finit par être berné par sa fille. Apparemment, il a peu de rapport avec le Sganarelle virevoltant du *Médecin volant.* Pourtant, de son prédécesseur il conserve quelques traits communs, dont la rouerie. En effet, il n'hésite pas à jouer lui-même la comédie et à faire le sourd à ce qu'il refuse d'entendre. Ce Sganarelle est donc aussi un histrion à sa manière. Mais le personnage a gagné en intériorité. Molière le croque, par son écriture et son jeu, pour en dénoncer les vices.
Dans *Le Sicilien,* Molière n'a pas joué le rôle d'Hali, le valet un peu lourdaud mais rusé, digne héritier du Sganarelle de la farce. Il a choisi de jouer Dom Pèdre, le mari que sa jalousie rend ridicule. Ce personnage hérite davantage du Sganarelle de l'autre comédie-ballet, le père inflexible et de mauvaise foi. Pour le composer, Molière s'est nourri de sa propre nature, probablement des aléas d'un mariage difficile, mais aussi et surtout de l'observation de ses contemporains. Il a ainsi créé un Dom Pèdre impulsif, bouillonnant, trépignant. Pour ce rôle, Molière auteur a approfondi son sens comique de l'étude des caractères et mis en valeur le registre dans lequel Molière acteur excellait : la farce.

Textes et images

✣ Faux médecins et charlatans

Entre les vrais médecins qui passent pour des charlatans et les faux médecins qui se font passer pour des vrais, il n'est pas toujours évident de savoir lesquels sont les plus trompeurs. Sans doute est-ce pour cette raison que le théâtre affectionne tant les uns comme les autres. Il partage en effet avec eux la volonté de produire une illusion.

Documents :

❶ Extrait du *Médecin malgré lui*, Molière (1666). Acte II, scène 4, Petits classiques Larousse, du début jusqu'à : « Géronte : Vous l'avez trouvé du premier coup. »

❷ Extrait du *Malade imaginaire*, Molière (1673). Acte III, scène 10, Petits classiques Larousse, de : « Argan : Je vous suis obligé » jusqu'à : « Toinette : Le poumon, le poumon, vous dis-je ! »

❸ Extrait de *Knock*, Jules Romains (1923). Folio 1983, acte II, scène 1, de : « Knock : De quoi souffrez-vous ? » jusqu'à : « Knock : Il était temps de vous soigner. »

❹ *L'Amour médecin*, Comédie-Française (avril 2005). Avec Nicolas Lormeau, Cécile Brune, Christian Gonon et Christian Gloarec. Mise en scène de Jean-Marie Villégier et Jonathan Duverger.

❺ *L'Amour médecin*, Comédie-Française (avril 2005). Avec Michel Favory et Nicolas Lormeau. Mise en scène de Jean-Marie Villégier et Jonathan Duverger.

❻ *Le Médecin volant*, Comédie-Française (juin 1990). Avec Christian Blanc, Philippe Torreton et Marcel Bozonnet. Mise en scène de Dario Fo.

❶ [Sganarelle a été présenté à Géronte comme un grand médecin. Il vient soigner sa fille.]

SGANARELLE. Est-ce là la malade ?

GÉRONTE. Oui, je n'ai qu'elle de fille ; et j'aurais tous les regrets du monde si elle venait à mourir.

SGANARELLE. Qu'elle s'en garde bien ! il ne faut pas qu'elle meure sans l'ordonnance du médecin.
GÉRONTE. Allons, un siège.
SGANARELLE. Voilà une malade qui n'est pas tant dégoûtante, et je tiens qu'un homme bien sain s'en accommoderait assez.
GÉRONTE. Vous l'avez fait rire, Monsieur.
SGANARELLE. Tant mieux : lorsque le médecin fait rire le malade, c'est le meilleur signe du monde. Eh bien ! de quoi est-il question ? qu'avez-vous ? quel est le mal que vous sentez ?
LUCINDE *répond par signes, en portant sa main à sa bouche, à sa tête, et sous son menton.* Han, hi, hon, han.
SGANARELLE. Eh ! que dites-vous ?
LUCINDE *continue les mêmes gestes.* Han, hi, hon, han, han, hi, hon.
SGANARELLE. Quoi ?
LUCINDE. Han, hi, hon.
SGANARELLE, *la contrefaisant.* Han, hi, hon, han, ha : je ne vous entends point. Quel diable de langage est-ce là ?
GÉRONTE. Monsieur, c'est là sa maladie. Elle est devenue muette, sans que jusques ici on en ait pu savoir la cause : et c'est un accident qui a fait reculer son mariage.
SGANARELLE. Et pourquoi ?
GÉRONTE. Celui qu'elle doit épouser veut attendre sa guérison pour conclure les choses.
SGANARELLE. Et qui est ce sot-là, qui ne veut pas que sa femme soit muette ? Plût à Dieu que la mienne eût cette maladie ! je me garderais bien de la vouloir guérir.
GÉRONTE. Enfin, Monsieur, nous vous prions d'employer tous vos soins pour la soulager de son mal.
SGANARELLE. Ah ! ne vous mettez pas en peine. Dites-moi un peu, ce mal l'oppresse-t-il beaucoup ?
GÉRONTE. Oui, Monsieur.
SGANARELLE. Tant mieux. Sent-elle de grandes douleurs ?
GÉRONTE. Fort grandes.
SGANARELLE. C'est fort bien fait. Va-t-elle où vous savez ?

GÉRONTE. Oui.
SGANARELLE. Copieusement ?
GÉRONTE. Je n'entends rien à cela.
SGANARELLE. La matière est-elle louable ?
GÉRONTE. Je ne me connais pas à ces choses.
SGANARELLE, *se tournant vers la malade.* Donnez-moi votre bras. Voilà un pouls qui marque que votre fille est muette.
GÉRONTE. Eh ! oui, Monsieur, c'est là son mal ; vous l'avez trouvé tout du premier coup.

2 [La servante Toinette se fait passer pour un médecin auprès de son maître Argan.]
ARGAN. Je vous suis obligé, Monsieur, des bontés que vous avez pour moi.
TOINETTE. Donnez-moi votre pouls. Allons donc, que l'on batte comme il faut. Ahy, je vous ferai bien aller comme vous devez. Hoy, ce pouls-là fait l'impertinent ; je vois bien que vous ne me connaissez pas encore. Qui est votre médecin ?
ARGAN. Monsieur Purgon.
TOINETTE. Cet homme-là n'est point écrit sur mes tablettes entre les grands médecins[1]. De quoi, dit-il, que vous êtes malade ?
ARGAN. Il dit que c'est du foie, et d'autres disent que c'est de la rate.
TOINETTE. Ce sont tous des ignorants, c'est du poumon que vous êtes malade.
ARGAN. Du poumon ?
TOINETTE. Oui. Que sentez-vous ?
ARGAN. Je sens de temps en temps des douleurs de tête.
TOINETTE. Justement, le poumon.
ARGAN. Il me semble parfois que j'ai un voile devant les yeux.
TOINETTE. Le poumon.
ARGAN. J'ai quelquefois des maux de cœur.

1. **N'est point écrit sur mes tablettes entre les grands médecins :** n'est pas inscrit sur mon répertoire des grands médecins.

TOINETTE. Le poumon.
ARGAN. Je sens parfois des lassitudes par tous les membres[1].
TOINETTE. Le poumon.
ARGAN. Et quelquefois il me prend des douleurs dans le ventre, comme si c'était des coliques.
TOINETTE. Le poumon. Vous avez appétit à[2] ce que vous mangez ?
ARGAN. Oui, Monsieur.
TOINETTE. Le poumon. Vous aimez à boire un peu de vin ?
ARGAN. Oui, Monsieur.
TOINETTE. Le poumon. Il vous prend un petit sommeil après le repas, et vous êtes bien aise de dormir ?
ARGAN. Oui, Monsieur.
TOINETTE. Le poumon, le poumon, vous dis-je.

3 [Le docteur Knock profite d'une conversation avec le Tambour, chargé des annonces de la ville, pour le questionner sur sa santé.]
KNOCK. De quoi souffrez-vous ?
LE TAMBOUR. Attendez que je réfléchisse ! *(Il rit.)* Voilà. Quand j'ai dîné, il y a des fois que je sens une espèce de démangeaison ici. *(Il montre le haut de son épigastre.)* Ça me chatouille, ou plutôt ça me grattouille.
KNOCK, *d'un air de profonde concentration.* Attention. Ne confondons pas. Est-ce que ça vous chatouille, ou est-ce que ça vous grattouille ?
LE TAMBOUR. Ça me grattouille. *(Il médite.)* Mais ça me chatouille bien un peu aussi.
KNOCK. Désignez-moi exactement l'endroit.
LE TAMBOUR. Par ici.
KNOCK. Par ici... où cela, par ici ?
LE TAMBOUR. Là. Ou peut-être là... Entre les deux.
KNOCK. Juste entre les deux ?... Est-ce que ça ne serait pas plutôt un rien à gauche, là, où je mets mon doigt ?

---

1. **Par tous les membres :** qui traversent tous les membres.
2. **Vous avez appétit à :** vous avez appétit pour.

Textes et images

LE TAMBOUR. Il me semble bien.

KNOCK. Ça vous fait mal quand j'enfonce mon doigt ?

LE TAMBOUR. Oui, on dirait que ça me fait mal.

KNOCK. Ah ! ah ! *(Il médite d'un air sombre.)* Est-ce que ça ne vous grattouille pas davantage quand vous avez mangé de la tête de veau à la vinaigrette ?

LE TAMBOUR. Je n'en mange jamais. Mais il me semble que si j'en mangeais, effectivement, ça me grattouillerait plus.

KNOCK. Ah ! ah ! très important. Ah ! ah ! Quel âge avez-vous ?

LE TAMBOUR. Cinquante et un, dans mes cinquante-deux.

KNOCK. Plus près de cinquante-deux ou de cinquante et un ?

LE TAMBOUR, *il se trouble peu à peu.* Plus près de cinquante-deux. Je les aurai fin novembre.

KNOCK, *lui mettant la main sur l'épaule.* Mon ami, faites votre travail aujourd'hui comme d'habitude. Ce soir, couchez-vous de bonne heure. Demain matin, gardez le lit. Je passerai vous voir. Pour vous, mes visites seront gratuites. Mais ne le dites pas. C'est une faveur.

LE TAMBOUR, *avec anxiété.* Vous êtes trop bon, docteur. Mais c'est donc grave ce que j'ai ?

KNOCK. Ce n'est peut-être pas encore très grave. Il était temps de vous soigner.

4

5

6

Étude des textes

Savoir lire

1. Quel geste commun font Sganarelle (texte 1) et Toinette (texte 2) pour ausculter leur patient ? Le docteur Knock (texte 3) en fait-il autant ? Quels contacts physiques a-t-il avec son patient ? Dans quel but ?
2. Les malades de chacun de ces textes vous semblent-ils réellement malades ? Justifiez votre réponse en distinguant le cas de chacun d'eux.
3. Qu'est-ce qui laisse penser que les médecins des trois textes sont des imposteurs ?
4. Relevez des indices qui montrent que Géronte (texte 1), Argan (texte 2), et le Tambour (texte 3) font confiance à leur médecin.

Savoir faire

5. Imaginez un dialogue théâtral entre Géronte, Argan et le Tambour qui débattent des mérites respectifs de leurs médecins.
6. Décrivez les différents gestes et actions que peut faire un (vrai !) médecin avec son (vrai) patient dans le cadre d'une consultation.
7. Rédigez un échange de lettres entre un patient et son médecin. Le patient explique aussi précisément que possible ses symptômes et le médecin y répond en lui proposant un diagnostic et un traitement fantaisistes.
8. Imaginez la suite du dialogue entre Knock et le Tambour (texte 3) et trouvez lui une fin.

Étude des images

Savoir analyser

1. Observez les deux photos de *L'Amour médecin* (documents 4 et 5) et décrivez précisément les costumes des médecins et de l'opérateur. Vous semblent-ils réalistes ? Justifiez votre réponse. À travers ces costumes et les attitudes des personnages, quelle image ces photos donnent-elles des médecins et de l'opérateur ?

2. À quel métier le metteur en scène a-t-il choisi de faire penser pour le personnage de l'opérateur ? Ce choix vous semble-t-il judicieux ? Justifiez votre réponse. Analysez les positions de l'opérateur et de Sganarelle et précisez lequel de ces deux personnages domine l'autre.
3. La photo extraite d'une mise en scène du *Médecin volant* (document 6) fait-elle référence à un passage précis du texte de Molière ? En quoi est-elle pourtant fidèle à son esprit ? De quelle qualité l'acteur doit-il fait preuve pour jouer le rôle du faux médecin ?

Savoir faire

4. Imaginez vous-même le costume d'un médecin. Vous pourrez prendre autant de liberté que vous le souhaitez avec la réalité, mais le choix du costume devra refléter votre vision du médecin et de la médecine. Rédigez un texte pour le décrire et, si vous le souhaitez, complétez votre description d'un dessin.
5. Donnez des indications de jeu aux comédiens qui jouent l'opérateur et Sganarelle (document 5).
6. En jouant avec le sens des mots du titre, à la manière du metteur en scène Dario Fo, dessinez deux affiches : une pour *Le Médecin volant* et une autre pour *L'Amour médecin.*

✣ Femmes libres ?

Isidore, l'esclave affranchie, est l'un des plus beaux personnages de femme libre chez Molière. Elle refuse de se soumettre à la volonté de son mari ou d'imposer elle-même des règles strictes à qui lui fait la cour. Mais au fait, que serait un homme libre ?

Documents :

❶ Extrait de *L'École des femmes*, Molière (1662). Acte III, scène 2, vers 747-801.

❷ Extrait des *Précieuses ridicules*, Molière (1659). Scène 4, tirade de Magdelon.

❸ *Je suis comme je suis*, Jacques Prévert (1946).

❹ *Le Sicilien*. Dessin au lavis et à la plume de François Boucher. XVIIIe siècle.

❺ *Le Sicilien*, Illustration anonyme.

❻ *Le Sicilien*, Comédie-Française (avril 2005). Avec Elsa Lepoivre, Laurent Stocker, Laurent Natrella et Christian Gonon. Mise en scène de Jean-Marie Villégier et Jonathan Duverger.

❶ [Agnès lit les règles qu'Arnolphe a écrites à son intention.]

LES MAXIMES DU MARIAGE OU LES DEVOIRS DE LA FEMME MARIÉE, AVEC SON EXERCICE JOURNALIER.

PREMIÈRE MAXIME

Celle qu'un lien honnête
Fait entrer au lit d'autrui,
Doit se mettre dans la tête,
Malgré le train d'aujourd'hui,
Que l'homme qui la prend ne la prend que pour lui.

ARNOLPHE
Je vous expliquerai ce que cela veut dire ;
Mais pour l'heure présente, il ne faut rien que lire.

(AGNÈS poursuit.)

DEUXIÈME MAXIME
Elle ne se doit parer
Qu'autant que peut désirer
Le mari qui la possède :
C'est lui qui touche seul le soin de sa beauté ;
Et pour rien doit être compté
Que les autres la trouvent laide.

TROISIÈME MAXIME
Loin ces études d'œillades,
Ces eaux, ces blancs[1], ces pommades,
Et mille ingrédients qui font des teints fleuris :
À l'honneur, tous les jours, ce sont drogues mortelles ;
Et les soins de paraître belles
Se prennent peu pour les maris.

QUATRIÈME MAXIME
Sous sa coiffe, en sortant, comme l'honneur l'ordonne,
Il faut que de ses yeux elle étouffe les coups ;
Car, pour bien plaire à son époux,
Elle ne doit plaire à personne.

CINQUIÈME MAXIME
Hors ceux dont au mari la visite se rend,
La bonne règle défend
De recevoir aucune âme :
Ceux qui de galante humeur
N'ont affaire qu'à madame
N'accommodent pas[2] monsieur.

---

1. **Blancs :** maquillage utilisé par les femmes pour éclaircir leur teint.
2. **N'accommodent pas :** ne plaisent pas à.

Sixième maxime
Il faut des présents des hommes
Qu'elle se défende bien ;
Car, dans le siècle où nous sommes,
On ne donne rien pour rien.

Septième maxime
Dans ses meubles[1], dût-elle en avoir de l'ennui,
Il ne faut écritoire[2], encre, papier, ni plumes :
Le mari doit, dans les bonnes coutumes,
Écrire tout ce qui s'écrit chez lui.

Huitième maxime
Ces sociétés déréglées,
Qu'on nomme belles assemblées,
Des femmes tous les jours corrompent les esprits.
En bonne politique[3] on les doit interdire ;
Car c'est là que l'on conspire
Contre les pauvres maris.

Neuvième maxime
Toute femme qui veut à l'honneur se vouer
Doit se défendre de jouer,
Comme d'une chose funeste ;
Car le jeu, fort décevant,
Pousse une femme souvent
À jouer de tout son reste.

Dixième maxime
Des promenades du temps[4],
Ou repas qu'on donne aux champs,

1. **Meubles :** objets.
2. **Écritoire :** étui contenant tout ce qui est nécessaire pour écrire.
3. **En bonne politique :** quand on dirige bien sa maison.
4. **Du temps :** d'aujourd'hui, à la mode.

Il ne faut point qu'elle essaye[1] ;
Selon les prudents cerveaux,
Le mari, dans ces cadeaux[2],
Est toujours celui qui paye.

2 MAGDELON. Mon père, voilà ma cousine, qui vous dira, aussi bien que moi, que le mariage ne doit jamais arriver qu'après les autres aventures. Il faut qu'un amant, pour être agréable, sache débiter les beaux sentiments ; pousser le doux, le tendre et le passionné, et que sa recherche soit dans les formes. Premièrement, il doit voir au temple, ou à la promenade, ou dans quelque cérémonie publique la personne dont il devient amoureux ; ou bien être conduit fatalement chez elle, par un parent ou un ami, et sortir de là tout rêveur et mélancolique. Il cache, un temps, sa passion à l'objet aimé, et cependant lui rend plusieurs visites, où l'on ne manque jamais de mettre sur le tapis une question galante, qui exerce les esprits de l'assemblée. Le jour de la déclaration arrive, qui se doit faire ordinairement dans une allée de quelque jardin, tandis que la compagnie s'est un peu éloignée : et cette déclaration est suivie d'un prompt courroux, qui paraît à notre rougeur, et qui pour un temps bannit l'amant de notre présence. Ensuite il trouve moyen de nous apaiser ; de nous accoutumer insensiblement au discours de sa passion, et de tirer de nous cet aveu qui fait tant de peine. Après cela viennent les aventures, les rivaux qui se jettent à la traverse d'une inclination établie, les persécutions des pères, les jalousies conçues sur de fausses apparences, les plaintes, les désespoirs, les enlèvements, et ce qui s'ensuit. Voilà comme les choses se traitent dans les belles manières, et ce sont des règles dont, en bonne galanterie, on ne saurait se dispenser ; mais en venir de but en blanc à l'union conjugale ! ne faire l'amour qu'en faisant le contrat du mariage, et prendre justement le roman par la queue ! Encore un coup, mon père, il ne se peut rien de plus marchand que ce procédé, et j'ai mal au cœur de la seule vision que cela me fait.

---

1. **Essaye :** goûte.
2. **Cadeaux :** repas, parties de campagne.

Textes et images

3 Je suis comme je suis
Je suis faite comme ça
Quand j'ai envie de rire
Oui je ris aux éclats
J'aime celui qui m'aime
Est-ce ma faute à moi
Si ce n'est pas le même
Que j'aime à chaque fois
Je suis comme je suis
Je suis faite comme ça
Que voulez-vous de plus
Que voulez-vous de moi
Je suis faite pour plaire
Et n'y puis rien changer
Mes talons sont trop hauts
Ma taille trop cambrée
Mes seins beaucoup trop durs
Et mes yeux trop cernés
Et puis après
Qu'est-ce que ça peut vous faire
Je suis comme je suis
Je plais à qui je plais
Qu'est-ce que ça peut vous faire
Ce qui m'est arrivé
Oui j'ai aimé quelqu'un
Oui quelqu'un m'a aimée
Comme les enfants qui s'aiment
Simplement savent aimer
Aimer aimer...
Pourquoi me questionner
Je suis là pour vous plaire
Et n'y puis rien changer.

4

Textes et images

5

6

✣ Étude des textes

Savoir lire

1. Résumez chacune des maximes du texte 1. Quel genre d'amoureux est Arnolphe ?
2. Résumez chacune des étapes de la cour selon Magdelon dans le texte 2. Quel genre d'amoureuse est Magdelon ?
3. La femme qui parle dans le poème de Prévert (texte 3) vous semble-t-elle appliquer les règles énoncées par Arnolphe et Magdelon ? Justifiez votre réponse.

Savoir faire

4. Imaginez le dialogue entre deux amies. L'une fait siens les préceptes de Magdelon. L'autre a une conception de l'amour proche de celle de la femme du poème de Prévert.

5. La sœur d'Arnolphe découvre ses maximes et s'en indigne. Elle prend la défense d'Agnès et répond point par point à Arnolphe. Rédigez cette lettre.
6. Un homme s'applique à suivre les préceptes de Magdelon. Mais, très maladroit, il échoue à chaque étape. Écrivez ce récit sous une forme comique.

✣ Étude des images

Savoir analyser

1. Comparez les costumes et les attitudes d'Isidore dans les documents 4, 5, 6.
2. Sur le document 4, identifiez chacun des personnages. Décrivez précisément la position de Dom Pèdre. Semble-t-il jaloux ? Vers qui Isidore est-elle tournée ? Relevez un élément du décor qui fait penser à une scène de théâtre.
3. Sur le document 6, décrivez précisément les positions et les attitudes des personnages et déduisez-en leur identité. Analysez les rapports de force entre eux.

Savoir faire

4. Parmi les comédiennes que vous connaissez, laquelle choisiriez-vous pour incarner Isidore ? Justifiez votre choix à l'aide d'arguments.
5. En utilisant l'impératif, donnez des indications précises aux comédiens pour qu'ils adoptent les positions et les attitudes du document 6.
6. Vous semble-t-il plus intéressant d'utiliser des costumes d'époque pour une mise en scène du *Sicilien* ou au contraire de les moderniser, comme sur le document 6 ? Justifiez votre choix à l'aide d'arguments.

Langue et langages

Exercice 1 : *Le Médecin volant*, scène 8.

1. « Voilà un fort habile homme ». En vous aidant de l'homophonie, retrouvez l'origine du mot « voilà ».
2. Précisez la classe grammaticale de « fort » et donnez un synonyme à ce mot.
3. Donnez deux mots de la famille de l'adjectif « habile » en précisant leur classe grammaticale.
4. Expliquez le sens de « je n'ai pas le loisir ».
5. Donnez l'antonyme du nom commun « savoir ».
6. « J'ai pris la liberté ». Trouvez deux autres formes verbales homonymes du participe passé « pris ».
7. Expliquez le sens de cette phrase : « J'ai pris la liberté de vous saluer à ce dessein ». Trouvez un homonyme du mot « dessein ».
8. À quel temps, quel mode et quelle personne est conjugué le verbe « excellent » ? Précisez la classe grammaticale de son homographe. Sont-ils pour autant homonymes ?
9. Quel verbe est de la famille de « louange » ? Quel autre sens peut-il avoir ?
10. À quelle classe grammaticale le mot « particulièrement » appartient-il ? Expliquez sa formation. Donnez deux mots de la même famille.
11. Trouvez un homonyme du mot « crois ».
12. *« Magistra »* est la racine latine de plusieurs mots français. Trouvez-en autant que possible.
13. Quel est le préfixe du verbe « mépriser » ? Trouvez deux autres verbes formés avec le même préfixe.

14. Donnez un antonyme du verbe « mépriser ».
15. Quel est le sens de « j'ai peur de vous être importun » ? Quel est l'antonyme de l'adjectif qualificatif « importun » ?
16. Expliquez la formation du mot « converser ». Et trouvez-lui un nom de la même famille.
17. Quel verbe est de la famille de « honneur » ?
18. Quel verbe est de la famille de « précieuses » ?
19. Comment dirait-on aujourd'hui : « Que vous semble de cet homme-là ? » Et : « Il sait quelque petite chose » ? À quelle classe grammaticale le mot « quelque » appartient-il ?
20. Trouvez un homonyme du mot « dois ».
21. Quel nom commun est de la famille de « humble » ?

Petite méthode

• Des mots d'une même famille ont leur **radical** (à l'origine, leur racine) en commun. Ils n'appartiennent pas forcément à la même **classe grammaticale**.

• Des **synonymes** sont des mots de sens presque équivalent et des **antonymes** des mots de sens contraire.

• Des synonymes ou des antonymes entre eux appartiennent forcément à la même classe grammaticale.

• Des **homophones** sont des mots qui se prononcent de la même manière et des **homographes** des mots qui s'orthographient de la même manière. Des homonymes peuvent être soit homographes soit homophones soit les deux.

• Des homonymes ou des homographes entre eux n'appartiennent pas forcément à la même classe grammaticale.

Exercice 2 : *L'Amour médecin*, acte III, scène 6.

1. À quel mode les verbes de la première phrase de Lisette sont-ils conjugués ? Justifiez leur emploi.
2. À quels modes les verbes sont-ils conjugués dans la phrase de Clitandre : « Madame, que je serais heureux s'il était vrai que vous sentissiez tout ce que je sens, et qu'il me fût permis de juger de votre âme par la mienne ! »
3. Récrivez cette phrase en remplaçant « serais » par « serai » et en faisant les transformations nécessaires.
4. Quel est l'antécédent du double pronom « en » dans la phrase : « Si vous ne m'en devez pas la pensée, vous m'êtes au moins redevable d'en avoir approuvé la proposition avec beaucoup de joie » ? Résumez le sens de cette phrase.
5. « Mais vous, serez-vous ferme dans les résolutions que vous avez montrées ? » Expliquez pourquoi le participe passé du verbe « montrer » est au féminin pluriel.
6. Analysez la construction de la phrase de la question précédente ainsi que celle de la réplique précédente de Clitandre. Que remarquez-vous ? Imaginez deux autres répliques (l'une de Clitandre et l'autre de Lucinde) construites de la même manière.
7. « Ma coutume est de courir à guérir les esprits, avant que de venir au corps. » Récrivez cette phrase dans un français moderne.
8. « Et j'ai eu, et aurai pour lui, toute ma vie, une aversion effroyable. » Précisez le temps et le mode des verbes.
9. De : « Mais, comme il faut flatter… jusqu'à : « … en mariage ». Récrivez ce passage en mettant le verbe « voir » au présent de l'indicatif et en faisant les transformations nécessaires.
10. « Et mon père y consent ? » Quel est l'infinitif de ce verbe ?

Langue et langages

11. Donnez l'infinitif des verbes conjugués dans la phrase de Lucinde : « C'est me donner des marques d'un amour bien tendre, et j'y suis sensible autant que je puis. »
12. Relevez les verbes à l'impératif dans le passage qui va de la réplique de Lucinde : « Vous voulez donc bien, mon père, me donner Monsieur pour époux ? » jusqu'à la fin.
13. Imaginez que Clitandre raconte à Lucinde les circonstances de leurs rencontres passées. Rédigez son récit en utilisant le système du présent.
14. Imaginez un dialogue dans lequel les quatre personnages donnent d'autres ordres variés pour le mariage. Vous emploierez l'impératif.
15. Imaginez que Sganarelle tient un journal intime. Rédigez le récit qu'il ferait de cette scène.

Petite méthode

- Le **mode verbal** indique la manière dont le verbe exprime un fait.
- Il existe deux modes **non personnels** : l'**infinitif** et le **participe**, et quatre modes **personnels** : l'**indicatif** exprime un fait considéré comme réel dans la phrase déclarative ou soumis à une question dans la phrase interrogative ; l'**impératif** énonce un ordre, un conseil ou une prière ; avec le **subjonctif**, le fait est considéré comme possible : il peut s'agir d'un doute, d'une volonté, d'une crainte, d'une obligation… Avec le **conditionnel**, il est considéré comme probable mais soumis à une condition, une supposition ou une hypothèse.

Exercice 3 : *Le Sicilien*, scène 3.

1. Relevez les indications de lieu et de temps dans les deux premières strophes.
2. Comptez les syllabes des deux premiers vers. Comment appelle-t-on ce type de vers ? Comment doit-on prononcer le mot « inquiétude » ?
3. Les vers de la première strophe comptent-ils tous le même nombre de syllabes ? Justifiez votre réponse.
4. Relevez les adjectifs qualificatifs dans la première strophe. Pour chacun d'eux, précisez à quel nom il se rapporte ainsi que sa fonction.
5. Analysez la disposition des rimes dans les seize premiers vers.
6. Quelle est la figure de style employée dans le vers : « Rochers, ne soyez pont fâchés » ? Relevez un autre exemple dans le texte.
7. « Ah ! mon cher Tirsis / Que je sens de peine ! / Que j'ai de soucis ! » Quel type de phrases est repris plusieurs fois dans ces vers ?
8. Comment écririez-vous en français courant « Toujours sourde à mes vœux est l'ingrate Climène » ? Quel mot l'inversion du sujet met-elle en valeur dans le vers ?
9. À quoi les « chants » des « oiseaux réjouis » s'opposent-ils dans la strophe du deuxième musicien ?
10. Que signifie le préfixe « re- » dans le verbe « recommencent » ? Observez la strophe et précisez ce qui en renforce le sens.
11. Relevez le champ lexical de la plainte dans les 14 premiers vers.
12. Quelle est cette « loi trop inhumaine » évoquée par tous deux ?
13. Précisez à qui se rapporte le pronom personnel « leur » dans le vers « Pourquoi leur laisses-tu le pouvoir de charmer » ? Quelle est la fonction grammaticale de ce pronom personnel ?

Langue et langages

14. Expliquez le sens de ces vers : « Jamais les âmes bien saines / Ne se payent de rigueur ».
15. Analysez la valeur des rimes dans les treize derniers vers.
16. Analysez le genre des rimes dans ces mêmes vers. Que remarquez-vous ?
17. En vous aidant de vos réponses aux deux questions précédentes, choisissez un sujet qui vous inspire de la peine et écrivez une strophe de quatre vers en alexandrins pour l'exprimer.
18. Pour chacun des termes que vous avez relevés dans la question 11, trouvez un mot, indépendant du texte, qui rime avec lui. Précisez pour chaque rime sa valeur et son genre.
19. Inventez une comparaison puis une métaphore qui exprime le sentiment de tristesse.

Petite méthode

- Un vers de **douze** syllabes s'appelle un **alexandrin**, un vers de **dix** syllabes un **décasyllabe** et un vers de **huit** syllabes un **octosyllabe**.
- L'analyse des rimes doit prendre en compte :

 – leur disposition dans la strophe : elles peuvent être **suivies** (AABB), **croisées** (ABAB) ou **embrassées** (ABBA).

 – leur valeur : les rimes sont **riches** si elles ont au moins trois sons (et non syllabes) communs, **suffisantes** si elles n'en ont que deux, et **pauvres** si elles n'en ont qu'un.

 – leur genre : elles sont **féminines** si elles se terminent par un *-e* muet. Toutes les autres rimes sont **masculines**.

Outils de lecture

Absurde : contraire à la logique. L'absurde peut être source de comique.

Antithèse : figure de style qui met en rapport deux mots ou deux expressions de sens opposé.

Canevas : plan d'une pièce. Le canevas est constitué des éléments principaux de l'intrigue non développés.

Caricature : procédé comique qui consiste à exagérer un détail caractéristique d'un personnage ou d'une société.

Champ lexical : ensemble des mots et des expressions qui se rapportent à un même thème.

Comédie-ballet : genre théâtral inventé par Molière qui mêle à la comédie des chants et des ballets. La comédie-ballet est à l'origine de l'opéra, de l'opéra-comique et, plus récemment, de la comédie musicale.

Commedia dell'arte : genre théâtral d'origine italienne en vogue en Europe du XVIe au XVIIIe siècle. Il est caractérisé par des personnages typés et récurrents, un jeu masqué et par moments improvisé.

Dénouement : conclusion d'une pièce de théâtre dans laquelle l'intrigue trouve sa résolution.

Didascalie : partie d'un texte théâtral qui n'est pas destinée à être dite par les comédiens. Elle indique le décor, les actions et les états des personnages.

Dramatique : relatif à l'action d'une pièce de théâtre. Une œuvre dramatique peut être comique. Un auteur dramatique écrit des pièces de théâtre.

Énumération : liste de mots ou d'expressions, généralement séparés par une virgule.

Exposition : premières scènes d'une pièce de théâtre qui ont pour fonction de présenter les personnages principaux et de poser la situation qui va être développée par la suite…

Farce : genre théâtral destiné à faire rire. La farce est caractérisée par l'origine populaire des personnages, la vivacité des actions, la légèreté, voire la grossièreté, du ton.

Gradation : figure de style qui énumère des mots ou des expressions selon une progression de sens qui peut être croissante ou décroissante.

Implicite : se dit d'un message écrit ou oral dont le sens est sous-entendu.

Improvisation : jeu du comédien qu'il invente lui-même sur le moment. Une improvisation ne peut donc pas être écrite dans le texte de la pièce.

Intermède : divertissement placé entre les actes ou les scènes d'une pièce de théâtre.

Intrigue : ensemble des actions qui constituent l'histoire racontée dans une pièce.

Ironie : procédé comique qui consiste à faire entendre le contraire de ce qui est dit.

Métaphore : comparaison dans laquelle n'est pas formulé le mot-outil exprimant la comparaison. Une métaphore filée développe cette comparaison sur plusieurs phrases.

Monologue : propos qu'un personnage seul sur scène ou qui se croit tel se tient à lui-même ou qu'il adresse au public.

Parodie : imitation d'une œuvre sérieuse dans le but de s'en moquer.

Personnification : figure de style qui consiste à prêter à un objet inanimé ou à une notion abstraite des pensées, des émotions ou des comportements humains.

Quiproquo : procédé souvent comique qui consiste à prendre une chose ou une personne pour une autre.

Satire : genre littéraire dans lequel l'auteur s'attaque en s'en moquant aux vices et aux ridicules de ses contemporains.

Tirade : longue réplique.

Tragédie : genre théâtral issu de la Grèce antique dans lequel des personnages illustres sont confrontés à un destin exceptionnel. Selon le philosophe Aristote, la tragédie est censée susciter la terreur et la pitié du spectateur.

Vraisemblance : règle en vigueur dans le théâtre classique du XVIIe siècle selon laquelle les actions d'une pièce de théâtre doivent avoir l'apparence du vrai.

Bibliographie et filmographie

Quelques farces de Molière

La Jalousie du barbouillé, vers 1653.

◗ Pièce en un acte et en prose. Un mari jaloux tente de se venger de sa femme infidèle en l'empêchant de rentrer au foyer, mais c'est finalement lui qui se retrouve à la porte.

Les Précieuses ridicules, 1659.

◗ Pièce en un acte et en prose. Deux jeunes femmes croient de très bon goût d'adopter les manières des précieuses sans se rendre compte qu'elles sont complètement ridicules.

Sganarelle ou le Cocu imaginaire, 1660.

◗ Pièce en un acte et en vers. Deux hommes et deux femmes : chacun se croit cocu alors qu'il n'en est rien.

Le Mariage forcé, 1664.

◗ Pièce en un acte et en prose. Sganarelle doute tant de la fidélité de la jeune femme qu'il veut épouser qu'il repousse le mariage jusqu'à y être finalement contraint.

Le Médecin malgré lui, 1666.

◗ Pièce en trois actes et en prose. Pour se venger de son mari, Martine le fait passer pour un grand médecin qui s'ignore.

Quelques comédies-ballets de Molière

Les Fâcheux, 1661.

◗ Pièce en trois actes et en vers qui met en scène une succession de casse-pieds en tous genres.

Le Bourgeois gentilhomme, 1670.

◗ Pièce en trois actes et en prose. Un bourgeois se ridiculise en voulant apprendre à tout prix les belles manières de la noblesse.

Le Malade imaginaire, 1673.

◗ Pièce en cinq actes en en prose. Sganarelle, persuadé d'être malade, veut absolument que sa fille épouse un médecin.

Bibliographie et filmographie

Sur Molière

Molière, de Sylvie Dodeller, L'École des loisirs, collection « Belles vies », 2005.
Biographie de Molière facile à lire.

Le Roman de monsieur de Molière, de Mikhaïl Boulgakov, traduit du russe par Michel Pétris, Gallimard, « Folio », 1993.

◗ Roman brillant, vivant et drôle qui raconte la vie de Molière dans ses moindres détails.

Molière ou la Vie d'un honnête homme, film d'Ariane Mnouchkine, 1978, DVD Éditions Bel Air, 2004.

◗ Magnifique film de quatre heures qui raconte la vie Molière avec 120 comédiens, 1 300 costumes et 220 décors.

Autour de Molière et du théâtre au XVIIe siècle

Le Capitaine Fracasse, de Théophile Gautier, L'École des loisirs, « Classiques abrégés », 1993.

◗ Roman de cape et d'épée au style savoureux qui raconte les aventures au début du XVIIe siècle d'une troupe de théâtre itinérante, comparable à l'Illustre-Théâtre.

Les Miroirs du Soleil. Littératures et classicisme au siècle de Louis XIV, de Christian Biet, Gallimard, Découvertes n° 58, 1989.

◗ Livre très riche en illustrations qui présente l'époque de Molière, les autres artistes importants et la vie de cour.

Histoire du théâtre dessinée, d'André Degaine, Nizet, 1992.

◗ Ouvrage très complet entièrement rédigé et dessiné par un passionné de théâtre. Les pages sur Molière et son époque, illustrées et détaillées, sont particulièrement intéressantes.

Sites internet

On pourra consulter avec profit le site de référence sur l'œuvre de Molière : http://www.toutmoliere.net, ainsi que les pages consacrées à Molière sur le site de la Comédie-Française : http://www.comedie-francaise.fr/histoire/moliere1.

Crédits photographiques

Couverture	**Dessin Alain Boyer**
7	Ph. Olivier Ploton © Archives Larousse
11	repris page 18 : Ph. Olivier Ploton © Archives Larousse
33	Bibliothèque nationale de France, Paris – Ph. Coll. Archives Larbor
44	Bibliothèque nationale de France, Paris – Ph. Coll. Archives Larbor
88	Ph. Olivier Ploton © Archives Larousse
134	Bibliothèque nationale de France, Paris – Ph. Coll. Archives Larousse
151	© Tristan Jeanne-Vales / Agence Enguerand / CDDS
152	© Tristan Jeanne-Vales / Agence Enguerand / CDDS
153	© Pascal Gely / Agence Bernand / CDDS
161	Bibliothèque nationale de France, Paris – Ph. Coll. Archives Larbor
162	Ph. Coll. Archives Larbor
163	© Tristan Jeanne-Vales / Agence Enguerand / CDDS

Direction de la collection : Carine GIRAC-MARINIER
Direction éditoriale : Jacques FLORENT
Édition : Marie-Hélène CHRISTENSEN
Lecture-correction : service lecture-correction LAROUSSE
Recherche iconographique : Valérie PERRIN, Agnès CALVO
Direction artistique : Uli MEINDL
Couverture et maquette intérieure : Serge CORTESI, Sophie RIVOIRE, Uli MEINDL
Responsable de fabrication : Marlène DELBEKEN

Photocomposition : CGI
Impression : chez Rotolito Lombarda (Italie)
Dépôt légal : Janvier 2010 – 303457/03
N° Projet : 11019792 – Juin 2012